[日] 湊佳苗 著　吴曦 译
湊かなえ

CNS PUBLISHING & MEDIA 中南出版传媒
湖南文艺出版社 HUNAN LITERATURE AND ART PUBLISHING HOUSE

目录 Contents

第一章

——还有梨花的份哦。

只要我跟着一起去，除了盒装的之外，外婆还会买单个金锷烧给我，用粉红色的包装纸包裹着，塞进我的口袋。这种把红豆沙压成四方形，裹上薄薄一层面衣烤出来的和式点心，我直到这几年才感觉到确实很美味。

好不容易买给我一个金锷烧，我常常只咬一口就扔进垃圾箱了。还有一次，没从口袋里拿出来就丢进了洗衣机，结果被母亲狠狠训了一顿。

这样的小孩真是讨厌透顶。

老板娘担心地询问病情，我回答说，长了一点息肉，幸好是良性的。我对外婆也是这么解释的。

“替我向您的外婆问好。”

老板娘额外用粉红色的包装纸包起一个金锷烧，放进了那个装着小盒的白底梅花纹纸袋里。香味扑鼻而来。我比平常更大声地向她道谢，然后急忙离开了小店。

“梅香堂”位于金合欢商店街的中央。虽说沿着旧铁路乘火车从城里到这条偏远的商店街要花上半小时，但是因为铁路正好从车站前开始横跨住宅区，所以就算是午后也熙熙攘攘，只不过大多数人都是路过这里而已。自从五年前国道边建起了购物中心，哪怕不是星期六，也常能看见一些小店放下卷帘门。每次经过商店街，我都发现这样的小店越来越多。

五金行的卷帘门紧闭着，上面横贴着三张巨幅海报。其中一张画了一只穿着旱冰鞋的树袋熊，对话框中写着“想要纯正口语？”几个字，那是英语口语补习班“JAVA”的海报。

一起唱吧A，B，C

Apple，Banana，Chocolate

一转眼间，你也成为Native

JAVA，JAVA，愉快的JAVA——

伴着可爱的动画音效，这首广告歌在我的脑海中浮现，开始翻转回旋。不一会儿，妈妈们发出的声音如同大合唱一般重叠而至。是因为商店街中央那个大钟开始奏起点心时间的旋律了吗?

平日的下午三点，真是可怕的时间——再次回想起《长腿叔叔》[①]的故事开头，大概是因为这几天，关于K的种种在脑中挥之不去吧。

那是在“JAVA”当讲师的日子。

小孩子们基本上都挺可爱。虽说其中也有狂妄到让人火大的小鬼，但是这些举动毕竟只是小孩子的程度。不可爱的是那

①《长腿叔叔》（*Daddy-Long-Legs*）是美国作家珍·韦伯斯特于1912年发表的书信体小说，讲述了一个名叫洁露莎的孤儿的故事。《花之链》中的梨花也是孤儿，并受到了一个陌生人的捐助。

些母亲。

小学生班规定家长不能在授课时进入教室，不过幼儿班允许家长进入教室，当然只是观摩。在每周的指定日子，从三点开始的四十分钟课程中，允许八名家长陪读。

四月份刚报班的时候，母亲们还能并排坐在教室一端的椅子上安静地关注自己的孩子。孩子们用稚嫩的嗓音唱起“开始上课”的主题歌。啊呀，我家的孩子声音太小了，还是帮一帮他吧。大概是出于这种想法，每年到了夏天，母亲们已经是全体争先恐后地激情演唱了，完全没有注意到孩子们已经呆坐着闭上了嘴。

讲师刚提出一个问题，母亲们就探出身子来告诉孩子们答案，教R的发音时，还过分地发出卷舌音。课程一结束，讲师就被母亲们的问题围攻。

——我们家的小艾丽莎，发音比其他孩子出色得多，对吧，该不该送她去海外留学呢？

——老师，露琪亚君能考上东大吗？

——我丈夫说奈特君的R发音有点奇怪。是不是老师你的教学方法出了什么问题？

只不过是一周一次的儿童英语口语补习班，还想怎么样？海外留学？东大？连日语都还没说顺溜呢。发音奇怪是因为你自己给孩子做了奇怪的示范吧！

虽然称呼各有各的兴趣，不过别在和别人说话的时候，给自家孩子名字上加个“小”呀“君”呀好不好！都是混账父母！混账父母！混账父母！这种工作辞了算了！——这样的想法不知在脑子里尖叫了多少回。

现在回想起来，我也十分怀念那样的日子呢。

走过第十个店铺，一家干货店的卷帘门上也贴着同样的海报，上面用黑色签字笔涂了几个字。

“小偷，还钱来！”

我不由得叹了一口气。虽然不是什么光彩的行为，不过我完全理解写这句话的人。不管是压力多大的工作，每月总有一天会发工资，真是难得了。

真难得，好像我的外婆。

不管是收到多小的礼物，多么微不足道的关照，她都会眯起眼睛，开心地说一句“真难得呀”。

我在花店门口停住了脚步。写有“山本鲜花店”这几个字的玻璃门上，挂了一块时髦的牌子，写着“FLOWER ANGEL加盟店”。这家店里的花颜色很漂亮，价格也很便宜，五百日元就能买到一大束花了。

就给外婆买这一束吧。

“等着我来夸你品位高吗？”

背后传来了搭话声。这么没礼貌的口气，只有那家伙了。我一回头，就看见健太站在那儿。他是我从小学到高中的同学，后来，继承家业开花店了。

“我要去看外婆，觉得这种颜色还不错。”

“哦，还挺有眼光的嘛。这是我今天早晨刚进的货，这种蓝色可不多见哦。”

“蓝色？明明是紫色嘛。”

“你到底在说哪种花？”

“土耳其桔梗。”

“我就觉得奇怪呢。从前就是，我们对同一件东西还从来没有发表过同样的感想呢。算了，混搭吧。”

健太刚说完，就从紫色的土耳其桔梗和蓝色的龙胆花里各取出一束，带进店里。我明明还没说要买。不过，今天有些难以启齿的话一定要说出口，能让外婆开心才是头等大事。

我走进店里，打开钱包，里面正好有一枚五百日元硬币。玻璃橱窗中陈列着各色蔷薇和百合。五百日元顶多也只能买一束花吧。

K寄过来的巨大花束到底值多少钱呢？我在脑中计算到刚超过三万日元的时候，健太已经递来了花束，透明的玻璃纸和黄色的薄纸包裹着鲜花，还系着水蓝色的丝带。

“多少钱？”

包装得这么漂亮，让人不得不在意价格。

“五百日元。很不错吧？不过豪华的程度根本不能和K那次相提并论呢。”

被他看穿了心思，我有点不好意思。

“话说回来，最近你的手机老是打不通，怎么了？”

“有些特殊情况，这几天我关机了。有什么事吗？”

“年底同学会的事情啦，也没什么要紧的。不过梨花你也真辛苦。记得代我向外婆问声好。”

“真是难得呀。”

“啊？”

“我只是代我的外婆谢谢你。”

我把五百日元硬币给了健太。对了，我把那个粉红包装的金锷烧塞进了健太的黑色围裙口袋里。

“这是什么？”

“下午三点的小点心。再见。”

走出花店，商店街的拱顶很快就看不见了。我来到车站前的大道。阳光下的花朵，不管是紫色还是蓝色，都十分漂亮。

总有办法的。没关系的。我自言自语地走向车站。

来到病房，外婆正在看电视。从这个四人间的入口看，最里面的窗边就是外婆的床位。平时我来看望的时候，她总是会立即关了电视，可是今天只说了一句“你来啦”，视线不时投向电视画面，空气中似乎飘着一种我来到这里反而添麻烦的气息。

这么好看吗？我也望向电视，只不过是在播新闻嘛。新闻里说，因为财政困难，县政府管理的设施即将被拍卖，还出现了好几个美术馆和博物馆的名称。

“总是经济不景气的话题！”

隔壁床位的老奶奶看着同样的节目开始嘀咕。我心中涌上一种不祥的预感。莫非，我公司那件事外婆已经知道了？一直不见踪影的社长昨天终于被抓到了，这个新闻之前很可能已经在电视上播过了。不，说不定外婆昨天晚上就已经知道了，还在等着后续报道呢。

“外婆，我去给你买电视充值卡哦。”

我没有一起看新闻的勇气，没等外婆回答，就走出了病房。我在护理中心旁边的贩售机上买了一千日元面额的充值卡。从钱包里掏出钞票真是心痛。今天就是来谈钱的。万一公司倒闭的事情被外婆知道了，她说不定会主动来和我谈这件事呢。

等我下定决心回到病房的时候，外婆已经不在电视机前了。她把我丢在床边的鲜花捧在手里，一脸愉快地注视着。

“这颜色好看吧。”

“这蓝色真的很漂亮呢。”

这一票算是投给健太了吗？我有点不甘心地带着鲜花和花瓶走进病房，小心地把花装饰在床边，尽量不弄坏健太整理的形状。外婆又一次开心地眯起了双眼。

我从纸袋里拿出金锷烧的小盒子递给外婆，她一边说“啊呀，今天真是大排场呢”，一边高兴地拍起手来，完全感觉不到她在担心我。那么专注地看电视新闻，可能只是住院生活太无趣了吧。

不过再怎么样，也必须说出口了。

外婆明明最喜欢金锷烧了，可是她一个都没有拿，就让我全都分给同病房的病友们了。果然还是不行吗？虽然表情还是那么平静，但可能正承受着相当的痛楚呢。刻不容缓，必须尽快让她接受手术。为了手术，钱是很必要的。

隔壁床铺的老奶奶和陪她的那个人一起出去了。就是现在，必须说呀。

请外婆从自己的存款里拿钱出来做手术吧，快说呀！梨花——

“我有件事想拜托梨花呢。”

外婆压低声音说。

“什么？还缺什么东西吗？”

“——有个投标，能不能替我去参加呀？”

投标?

“就是决定公共事业由哪个公司来承包的那个投标吗？”

“就是类似那样的方式，我有一件想买的东西。”

“原来如此，是拍卖吧。多少钱呀？”

比起要买的东西，我更在意要多少钱。

“我也不是很清楚，我把我的存折给你。万一钱不够的话，尽量帮我争取一下可以吗？”

“那不是外婆您的全部家当吗？”

外婆静静地点了点头。我的头脑里一片空白。

“真是对不住呀。本来是为了梨花你结婚才存下来的钱。”

“我结婚这种事随它去啦。反正又没准备，而且才二十七岁嘛。不过，您这么想买的东西到底是什么？外婆的身体健康才是首先要考虑的吧。难道您遇上了什么诈骗犯吗？”

“就算是诈骗也好。我真的很想要。我一时也说不明白，会好好写下来的。还有呀，我自己的身体，自己最清楚啦。”

“您说什么呢！万一外婆您死了，我该怎么办？就是说嘛，婚礼的时候到底让谁来坐亲属席呀？”

“那你可得快点帮我这个忙啊。”

外婆为难地笑了，接着，缓缓地伸出双手来，握紧了我的手。

“求求你了，梨花。拜托了。”

外婆的手无力地颤抖着，泪眼婆娑。我没有办法拒绝。因为这是我第一次见到外婆的眼泪。就连自己的女儿去世的时候，她也没有在我的面前流过眼泪。不管外婆想要得到的那件东西是什么，我都一定要满足她的愿望。

“我知道了，交给我吧。就算加上我的存款，也一定要把外婆想要的东西买下来。”

我用力握住外婆温暖的手，我最喜欢的外婆的手。不想失去这双手，要满足她的愿望，只能去找K帮忙了。

我在车站大楼的杂货店买到信纸套装就回家了。在这个时代，写信的人真的有这么多吗？我带着一丝迷茫，挑了一套淡水蓝底色、白线条的朴素信纸。

这封信是寄给K的，可是我根本说不出对他有什么印象。偏要我说的话……

长腿叔叔。

我的父母在三年前的事故中去世时，有一个自称为K的秘书的人拜访了我家，要向我提供经济援助，不过我拒绝了。那时我二十四岁，已经从四年制大学毕业，找到了工作。虽然说不上十分充裕，但那些收入还是足够支撑我一个

人的普通生活的。所以说，我并不需要什么长腿叔叔。

而且，接受了陌生人的援助，如果之后反过来被勒索，麻烦就大了。那个自称秘书的人，从头到尾都没有回答我们提出的任何问题，只是问我是否要接受援助。K的来历和他提供援助的理由都不明不白。说不定是什么新式诈骗呢。

再说了，我也不算是孤身一人。因为我和外婆两人一起住在父母留给我的房子里。

尽管我已经成年，但突然间丧失双亲的伤痛对我打击巨大。平时连病都不生的人，某一天就突然死去了。我的父母都是早出晚归的那种人，只要有空就会把我交给外婆来带。我也早就习惯了看家。可是，“什么时候回家”和“永远都不回来了”之间有着深深的鸿沟。当然，不存在连接二者的桥梁。我只能哭泣。

我能渡过这个难关，多亏了外婆——温柔的烧得一手好菜的外婆。

——如果不能让梨花早点结婚，真是对不住死去的孩子们啊。

我的精神刚恢复一些，外婆就开始隔三差五地提这件事，不过我一直都推说结婚太麻烦，最后还是赖在家里不动。恐怕是因为我和外婆一起生活真的太惬意了。

能说出那种逍遥自在的话，只是因为那时尚且从容不迫。事到如今，没钱真是大麻烦。所以——

长腿叔叔，帮帮我吧。

我取了一支深蓝色的签字笔。

给亲爱的K

请原谅我的突然来信。

三年前，我的父母去世时，K先生曾通过秘书向我主动提供了经济援助。但是，我拒绝了您的盛情，理由是我已经有了固定收入，我想在当时已经传达给您。

然而，状况已然改变。我曾在一个名为“JAVA”的英语口语补习班担任讲师，但从一年前开始，补习班就因资金等问题被多次起诉，陷入了险恶的形势。就在两周前，公司最终破产了。

作为员工的我事先没有得到任何通知。某天晚上，本部经理打来电话，通知我“明天不用来上班了”，就挂断了电话。我想要询问详情，但多次打电话都没法接通。直到午夜零时终于接通了经理的电话，却是语音留言。翌日八点再次去电，却只听到运营商通知该号码已经暂停使用的消息。

我来到英语口语补习班所在的邻街站前大楼，发现大约有30人聚集在入口处的大门前。那些是学生和我曾接管的幼儿班的母亲们。我立刻就被他们包围了。

——公司破产到底是怎么回事!

——补习班要怎么办!

——一年前就付清的学费该怎么办!

说来惭愧，我连早新闻都没看就径直赶去了。如果看过新闻，就绝对不会过去了。入口处的大门平时在9点就会打开，不过那天直到10点左右，大门都是紧锁状态。尽管双方都很困扰，但对学生一方来说，我是代表公司的人，被责问也是理所当然的事。

——我也不是很清楚，打不通本部的电话。

我的话没有人会相信。我撒谎说要直接去本部确认一下，就趁机逃走了。本部就在东京，乘坐新干线只需1小时左右，我甚至考虑过真的去一趟。直到那天晚上，我才从新闻中得知：总部早已人去楼空，社长也行踪不明。

我的手机响个不停，全都是学生或者监护人打来的。就算我接了电话也回答不出什么，我只能无视那些电话。然而电话铃声依旧不分昼夜地响起，我只好拔了手机电池。

我与公司联络以家里的电话为主，我以为公司会有什么解释，于是一直等在电话机旁，却根本没有电话打来。

到了发薪日，别说退职金了，连上一个月的薪水都没有进账。

就在此时，外祖母忽然感觉胃痛，到医院一检查，确定是患有癌症。外祖母一向坚强隐忍，应该是承受了相当一段时间的痛苦，却没有去医院，也没有告诉我，完全是一个人在忍耐。癌症的程度相当深，到了必须尽快动手术的地步。

外祖母现已在H医大附属医院住院。然而，住院并非免费医疗。我的父母生前自由开放，几乎没有留下存款，外祖母一直以养老金维生，而我亦是存款寥寥。如今的状况下，我连被解雇的文件都无法取得，无法申请失业保险。

我家鲜有亲戚友人，我能依靠的人只有K先生您一个了。我并非想请求您的援助，而只是想向您借贷一些现金。我会尽我所能找到工作，每月向您还贷，只求不要延误治疗时机。请救救我的外祖母。

拜托您了。

翻来覆去读了好几遍，都觉得这信写得太厚颜无耻了。请借点钱给我吧，这样直接写会不会更好一点呢？不过，我需要的不是看望病人时的鲜花和点心。送来慰问品之后……不，还是给钱吧——这种话怎么也下不了笔。

就写这些吧。

我叠起信纸，塞进了写着“K先生收”的信封，小心地粘起来。

那么，该怎样做才能送到K的手里呢？

✿ 比如说，雪

“好羡慕呀。”

加代盯着相册，每看一页都这么嘟囔一句。我和加代从小就是好姐妹，一直到高中我们都是同校。毕业之后，加代进了本地的公司，而我去了县外的公司上班。加代是到我这边出差时顺便来看看我的，不过实际上我们已经五年没见了。我在三年前就结婚了，我把相册翻给她看，谈起了各自的情史。加代到现在还是单身。

“你们是相亲的吧。”

“可以这么说，不过也不完全是这样。”

我在舅舅工作的建筑公司当了一个事务员。公司里负责营销工作的是和弥。长我六岁的和弥并不像其他干营销的男人那样油嘴滑舌，他很懂得照顾别人，是个温柔的人。有一次，客户电话的记录便条被我弄丢了，我正一筹莫展的时候，他主动问我："出什么事了？"我告诉他事情原委后，他就帮我一起找。到最后，他说了一句"我和对方也很熟悉"，就打电话过去再次确认了工作事务。

从那以后，我就发现自己的视线已经无法离开和弥。虽然他不常看我，但或许也感觉到了一些迹象吧。有几次我们的视线相遇，我都不好意思地连忙移开，低下了头。

"那是因为和弥也在望着美雪你才会相遇的吧？"

加代说出这句话之前，我从来没有这么想过。我知道自己一定已经涨红了脸。

"加代你真是的，从前就一直这样开我玩笑。茶就要冷了，我再去沏一壶。"

"谢啦。这个金锷烧真好吃啊。这附近有卖吗？"

"有呀，车站前的金合欢商店街有一家叫'梅香堂'的点心店。因为我刚搬过来，也不是很清楚附近有什么店，我跟和弥说有好姐妹要来见我，他告诉我的。"

"多谢招待。那么，你就去求舅舅把帅气的和弥介绍给你了吗？"

"怎么可能，这种事情绝对不会有的啦。我和加代你不一样，光是课堂演讲都是好不容易才上台的。再说了，我和舅舅之间也不是那么坦诚的关系。舅舅是长男，我妈妈是幺女，他俩差了12岁，舅舅的话有绝对的权威。我这边要求他什么肯定是没门儿的。所以他让我去相亲的时候，我是眼前一黑。”

我自从开始工作就一直住在舅舅家。舅舅不管是在公司还是在家里都很严肃，不过舅妈既大方又温柔，对我很亲切。因为她只有一个儿子，所以像女儿一样爱护我。表哥阳介本来在东京读研究生，有一天毫无征兆地寄来一封信，说要和在那边认识的一个女人结婚。当时舅舅的暴怒仿佛烧起了一把烈火，公司的人谁都没少受牵连。

舅妈说了一句“那孩子就是这样”，好像想开了似的，笑了。只有我，仿佛置身事外，但其实夫妇俩因为儿子的事遭受打击，把心思全都转移到我身上来了。

——美雪的婚事能不能交给我们来操办呢？

某天吃晚饭时，舅妈突然说了这句话。其实有个男孩看上你了，舅舅一脸愉快地开始说。还太早了吧，我轻声抗议。你已经是社会人了，结婚就该越早越好。我被这种没什么道理的话说服了，答应下周就去舅舅偏爱的一家饭庄参加安排好的宴会。

接下来的一周我不知有多痛苦。在公司只要一看到和弥，泪水就在眼眶里打转。

“不过当天出现的就是和弥，没错吧？”

“干吗要先说出来嘛。”

“这种像写在书上的故事，我都不知道该摆出什么表情来听你讲了。也就是说，你和一向仰慕的那个人顺利结婚，大团圆结局了吧。”

“也不是那样的。”

和弥在我眼前出现的时候，我还以为自己在做梦。难道舅妈偷看了我的日记？还是我在公司总是盯着和弥看，被舅舅发现了呢？种种疑问都涌上我的心头。

但是，没多久我就了解到：和弥是舅舅直属的部下，好像还是阳介的大学同学，舅舅在很久之前就认可他在工作上的才能，劝我到他的公司工作也是为了让我和他结婚。

不管我对和弥有没有爱慕之情，不管阳介有没有自作主张地结婚，我与和弥的邂逅从一开始就已经被决定好了。

只不过，每当想起和弥当初对我那么亲切，或许是知道总有一天会如此，我就会感到几分怅然。如果不是舅舅的亲人，而只是通过一般测试进入公司的女事务员，说不定和弥就不会帮我找便条，也不会帮我重打电话了吧。

“别说这种挑剔的话啦。‘真要感谢舅舅，我多幸福呀！’你就没这么想过？美雪你从小就这样，对小事太过计较。结果很好不就行了嘛。”

“我也觉得这种烦恼有点过分。不过，和弥真的希望和我结婚吗？说不定因为我是上司的外甥女才不好拒绝。”

“你去问他呀。”

“这种话怎么问得出口！而且，在饭庄相亲之后，他在公司还找我偷偷聊过，还说：‘你如果不愿意，我去回绝。’”

“然后美雪你说什么？”

“‘不要去！’一不小心就说出口了——”

“和弥很高兴吧。”

也不知道他是不是真的高兴，看到我紧张地大叫出来，和弥对着我笑了——如释重负，简直要流出泪水的温柔笑容。

“你还没发觉吗？美雪你就是那种嘴里不说话，但只要通过察言观色就很容易被看穿的类型。在和弥面前，你就是怀春的少女，一听说要去相亲，他看到你那个样子，说不定以为你想去自杀呢。和弥一定知道相亲的对象就是你吧？日子刚定下来，你就一脸阴沉，他一定会误解成你讨厌他。结果相亲之后你还是那副心事重重的样子，才会跟你提回绝的事啦。”

“他是为了我才那么说的吗？”

“当然啦。一般不可能说的吧。他是那种既温柔又稳重的男人嘛。接着给我看照片呀，新婚旅行是信州吗？然后怎么样了呢？”

“和弥他，很喜欢登山。”

“美雪，你也登山去了？就你那小细腿？”

“也没有那么正式地爬啦，只是走了去高地的友人步道。”

和弥每走一会儿就停下脚步，仔细地给我介绍高山植物和耸立在四面八方的山峰。那时候我想，和弥真是打心底喜欢高山，但回头一想，说不定他这样做是为了不让我过度疲劳。

尽管那样，我还是走到一半就大喘粗气，还被新买的运动靴蹭伤了脚。和弥取下登山包绑在胸前，在我面前蹲下说：“我背你到旅馆。”我又惭愧又羞涩，连忙说自己太重不用背了。但和弥嘴里说着没事啦没事啦，轻松地背起我，往前走去。

他的背脊比我想象的更加宽阔、结实，让人感觉只要跟着这个人走下去，今后的人生就再没有什么让我害怕的事，这种安全感在我的全身弥漫。

“好啦好啦，我听够啦。对和弥来说，你这点体重根本算不上什么吧。你还说什么太重不用背了，简直可爱到让人想掐一把脸蛋呀。”

“加代你真是的，太失礼了。我以前可是瘦骨嶙峋的，不过我也是在建筑公司工作了两年的人，虽说是事务员，也要搬很重的器材的，我的体力也跟上来了呢。”

我开玩笑地挤了一点肌肉出来给加代看，加代伸出手指，啪地弹在我的胳膊上，大笑起来。

“那一定能生个健康的宝宝。”

我不说话，也笑了。加代合上相册，抓了一个金锷烧一口咬住，开始说起她的近况。

她大概是注意到我三年来都没有生孩子的迹象，装做毫不在意地鼓励我吧。

不管是父母、兄弟姐妹，还是同学，甚至加代都常说羡慕我，特别是加代，总会冒出一连串的“美雪好幸福”，就连我说的普通话题听上去都像是自满自夸。我总觉得有点对不住别人。

身处幸福这件事，我可能还没有完全习惯。

招待好姐妹的午后一小时一转眼就过去了，仿佛五年来的生活都浓缩在这一段别有意义的时间里。我们约好每年除了贺年卡，还要时常交流生活近况，接着就向车站出发了。

加代说要去“梅香堂”买点当地特产回去，于是我们决定从金合欢商店街穿过去。我也准备买一包四个装的金锷烧，拜托加代帮我带回娘家给我妈妈。

“这么远来真是承蒙惠顾。”

老板拿出刚出炉的金锷烧，塞给我和加代一人一个。

“那边有炸可乐饼呢。”

加代在肉店前停下脚步，买了两块刚出锅的可乐饼，塞给我一个。虽然我在这里也买过好几次肉，不过在这种时间吃可乐饼还是第一次。

我们边啃可乐饼边逛商店街。上次这样逛街还是在学生时代呢。要是被舅妈看到，一定会被狠狠教训一顿，不过这条街上基本遇不到熟人。

“这里面有好多肉，真好吃。”

外壳松脆、甜咸适中的鲜肉与细腻的土豆泥在饼中揉作一团，一口咬下去，满嘴都充满了肉汁。

“这么美味的可乐饼，我还是第一次吃。”

加代一脸满足的样子，连把油腻腻的包装纸丢进垃圾桶的时候都有点依依不舍。

“美雪你运气真好，随时都能吃到。”

“不过，我也是第一次吃那家的可乐饼呀。”

“哎呀，真可惜。也给和弥买点回去吧？”

虽然说今天的晚饭已经定好菜单，材料也都买齐了，不过我还是接受了这个提议。

自行车店的橱窗里，摆着一辆带筐的白色自行车。

“加代，我，一直都想买辆自行车。”

“美雪你会骑车？”

加代的吃惊有点夸张。我一直到学生时代都不会骑自行车。高中刚入学的时候，我趁这个机会让家里买了一辆自行车，还在空地上练习。不过运动神经奇差的我重重地摔了一跤，还弄伤了脸。母亲看到我这个样子，就要求我在嫁人之前都不许再骑车，还把刚买到手的自行车送给了亲戚家的小孩。

从那以后我就没碰过自行车，不过学校和朋友家都在徒步可到的范围内，倒也不觉得有什么麻烦。

可是，我现在住的这个小镇在乡下，和以往住过的地方还有老家都不能比。目前为止日常生活还没什么困难，不过一旦要去看牙医或者去公所办事，徒步就嫌太远，叫出租车又太浪费，所以自行车是十分需要的。

“和弥给我做了特别训练。”

一听说我不会骑自行车，和弥就挑周末把同事的自行车借回了家。附近有块让小孩子玩耍的空地，要我一个大人在那里练习自行车真是很难为情，不过他看上去毫不在意，催促我开始练习。

“在我确定你没问题之前绝对不会松开手的，放心吧。”

听到这句话，我就鼓足劲向前骑，等回过神来的时候，发现和弥早已从我的视界中消失了。就在这一瞬间，我还没反应过来发生了什么，就摔倒了。好在只是肘部碰了一下，一点儿也不痛。

“什么嘛，这么快就会骑啦。没什么能教你真是扫兴。”

和弥这么说着，绕过自行车，在我面前蹲下，轻抚我的头。我刚坐上自行车没多久，他好像就松开了手。我还以为他一直在后面扶着我才一路骑了开去，想到这个不禁哈哈大笑。

“说到最后还不忘记秀甜蜜呢。”

我们谈着自行车的话题，穿过商店街，来到车站。

“下次就轮到加代来秀甜蜜给我听啦。”

说完这句，我们就彼此告别了。

目送加代走到检票口的我始终维持着笑容，直到发觉我又是孤单一人，一阵凄凉涌上心头。

金合欢商业街也是一样，和加代一起到处逛的时候明明那么开心，只有我一个人时，突然就变成了一个无聊的地方。或许也是因为太阳渐渐西斜，眼前一片黯淡孤寂的景色吧。

突然，一抹鲜艳的蓝色跃入我的眼帘。那是商店街在车站那一侧入口处的鲜花店。店前陈列着不少插满鲜花的花篮，我的视线停在了那种蓝色的龙胆花上。

新婚旅行的时候，我们住过的旅馆房间里，也装饰着同样的花朵。当时我认识的蓝色花朵，只有生在路边的鸭跖草，我还记得当时满眼都是夺目的深蓝色。

难得看到一次，买一些回去吧。

如果回到家里，加代前来拜访的痕迹一定还留着。客人用的茶杯、果盘，还有相册……越是收拾，心情越是低落。整理干净的桌子上点缀一些花朵，或许能带来一丝明快吧。

刚想招呼店里那个男孩子，一阵香味钻进鼻子，是我和加代刚才吃过的可乐饼的味道。买了可乐饼还要买花，今天又不是什么特别的日子，感觉有点太奢侈了。

和弥在之前的公司工作时倒还可以，现在说什么也要勒紧钱包才行。

我又望了一眼龙胆花，朝肉店走去。

晚饭的主菜已经定好是可乐饼，接下来只要剁一下卷心菜，做好米饭和味噌汤就行了。今天和弥虽说是出差，不过说好回家时间和平时差不多，所以七点左右一定就到家了。大概还剩半小时，我织起了毛衣。

——连夏天都织毛衣，还真是喜欢呢。

和弥曾经半带苦笑地这么说过我，不过我却不能像专业的老师那样织得飞快。如果等天冷下来才开始织毛衣的话，等我完成的时候春天都来了。上周我把后半身织完了，现在开始织前半身，等我完成的时候，正好就是寒意到来的时节了。

和弥告诉过我，附近有一条红叶很美的溪谷，我十分期待穿上这件毛衣和他一起去游览。

这个周末出去约会吧。

我还以为只要结婚，很快就能有孩子的。所以最初还说好了先生一个女孩，隔两年再生一个男孩最好，和弥与我都是冬天出生的，所以孩子还是生在夏天好。我们总是说些自作主张的话。

结婚没过多久，我就开始织小袜子了。这也实在太心急了吧，不光是和弥，连舅妈都大吃一惊，不过我依然坚信，在不远的将来就能用得上。

但是，一年过去了，两年过去了，还是怀不上孩子。吃青鱼也好，吃梅干也好，吃酸的也好，别人推荐的食物都尝试过了，甚至还和舅妈一起去了求子很灵验的寺庙拜过。即便这样，月事依旧准时到访。

在舅妈的推荐下，我去了一个有名的医生那儿求诊，却查出完全没有异常。旁边的人一听都安下心来，而我却愈发气馁。这样的结果和找不到治疗方法几乎一样。漫无目的的等待到底有多痛苦，只有我才知道。

更让人伤心的是，去年阳介回来之后不久，嫂子夏美很快就怀孕了。舅舅和舅妈本来对他们结婚很有意见，一听说怀了孩子，立刻对夏美百依百顺。特别是舅妈那个闹腾的劲儿……

几乎每天她都会到当时我住的那个公寓，不断絮叨。肚子那么凸出一定是男孩子。阳介在我肚子里的时候，我每天都忍不住地想吃葡萄。夏美也说想吃葡萄，这肯定就是遗传吧。一定能生出一个长得像阳介的男孩来。好几个小时说个不停。

不过最后肯定会这么说。

人家说喜庆的事儿也会传染的，美雪你也常来我们家玩玩嘛，摸了夏美的肚子，你也一定能很快怀上孩子哦。

所谓怒火中烧大概就是这种感觉，活了二十多年的我总算感受到了。可是，我从小就不善于表达自己的情感，我想要狠狠反驳舅妈，用尽全身力量大声哭泣，把一切都破坏殆尽，这些淋漓畅快的行动我都能想象到，却从来没有实行的勇气。

我只是一味地忍耐，有时甚至挤出笑容。等到舅妈回家，只剩我一个人的时候，我才一声不吭地呆坐着，直到心情恢复平静。

不能哭，不能哭，我强忍住泪水，然而半夜里常常不经

意间泪流满面，第二天早起，发现枕头已经湿透，双目红肿。我有时想，我是不是已经不正常了。

但是，睡着的时候流泪这种事情，谁都曾有过吧。我没有变得歇斯底里，多亏了和弥。

他也十分期待孩子的降临。我在织袜子的时候，他就笑着对我说，其实我已经想好孩子的名字了。我让他告诉我，他却回答，如果孩子生下来和我预想的相差太大就太丢脸了，还是等孩子生下来再说吧。

之后，他注意到我的情形，也不大提孩子的话题了，到最后我都不知道他决定给孩子起什么名字。

和弥工作已经够辛苦了，但只要有休息日，就一定会带我出去玩。看看电影或是去好的酒店，全都是有了孩子就不能去的地方。

这样的二人世界真的已经足够快乐了，就这么一直持续下去也不错，自然地生活下去，直到新的家庭成员加入到我们中间来，那时再来热烈欢迎吧。

在他的鼓励下，我也不怎么考虑孩子的事了。

不过，也不是完全没有这样的意识。当我们决定搬到一个陌生的小镇生活的时候，心中也有过不安。但是，一想到像夏美那样换了个环境就突然怀上孩子的情况也不少，一丝期待就在我心中萌生了。

门铃响了。是和弥。

我来到玄关迎接，只见他站在门口，双手背在身后。

“我回来了。”

他说着，伸出双手，手上拿着一束蓝色龙胆花。

“很漂亮的蓝色吧，刚走出车站就把我吸引住了。刚好花店快打烊了，我急忙让他们打包起来的。”

“真的好漂亮。”

我就算不说刚才也差点买了，和弥也一定能理解的，我们看到同样的花，感觉自然也是一样的。

我立刻插进花瓶，装饰在餐桌上。

“喔，可乐饼吗？我刚才就发现了哦。”

我一边往杯子里倒冰啤酒，一边告诉他，刚才就已经和加代先吃过一个了。和弥说着“好吃，好吃”，一转眼就把盘子里的三个可乐饼吃得干干净净。似乎除了可乐饼的美味，和弥还有别的什么开心事。

明明不是什么纪念日，却买了一束花回来，这还是第一次。

“今天遇到什么好事了吗？”

我趁着给他添饭的时候顺便问了一句。和弥放下酒杯，注视着龙胆花，然后把视线转向我。

“我有了新的目标，是值得把至今为止自己的所得全部赌上去的巨大目标。”

工作上的事情我虽然不太懂，不过一看见和弥那充满干劲的表情中透出的男子气概，我的心中就好像涌上了一股强大的力量。

✿ 比如说，月

今天的课题是龙胆花。在少儿班遭遇了“老掉牙了”的抱怨，不过成人班却听得很认真，和上周的向日葵课题完全相反。

上课要用的花是请金合欢商店街的“山本鲜花店”送来的。我们不作指定，只是低价购入一些当季的花朵。适合孩子的花、适合大人的花、适合女性的花、适合男性的花，直到最近我才发现，每次的搭配都是绝妙的选择。

我并不是自己立志要成为画家的。学生时代我为高山植物种类备忘而画的一些插图，被一个有名的作家用作《山岳少说》的封面，在众人的追捧声中，我成为了一个插画家，甚至还出过一本画集。

我画的东西基本上都是花。我本来就挺喜欢花的，不过也仅仅是看到心仪的，心血来潮画几张而已，说不上有什么特别喜欢的花。哪怕是同一种花，我也会前后画上不同的颜色和形状。偏要总结出我喜欢玫瑰还是郁金香，那种说法反而对花儿很失礼呢。

而且，同样的花在不同地方遇见，给人的感触也是不同的。我第一次认真登山是横跨八岳[①]，当时我被驹草的美丽震撼了。那无限接近紫色的粉红，散发出一股高山植物女王的气息。我就是试图再现那种色彩，才走上了绘画的道路。

然而，我为了确认色彩，来到附近植物园观察的时候，才发觉驹草的花原来是那么微小。如果在夜景包围下的高级餐厅里，伴着求婚戒指，又送上一小钵驹草，那该是多么令人惊喜的景象呀，我不禁浮想联翩。

放在公民馆办公室长桌上的那些花，只不过是“课题用花”而已。尽管我一向这么觉得，但每周学生们涌入教室，看到那些花儿之后各自不同的反应，让我觉得教他们画花也饶有兴味。

大家都是随性地上色，我不会过分指导。公民馆开办“花的水彩画教室”，不论你是否擅长绘画，只要喜爱就可

① 八岳，位于日本长野县茅野市北部蓼科山西麓的白桦湖东南相连的群山峰。

以来到这里。每周五，儿童班从下午三点到六点，成人班从傍晚六点半到九点，随时都能来到教室享受绘画的快乐。

我虽然是以讲师身份受雇的，实际上只做些事务性工作。下午两点打开教室作准备，订购画材。另外有很多学生都是为了欣赏绘画而来的，所以还要去寻找展示绘画的场所，做一些营业性工作。

其他日子我就待在家里画些插画，谈不上有多少收入。每周有四天，我还会去金合欢商店街的点心店“梅香堂”打工。

课题用花被一枝枝发到学生们手中。画完的人只要交上画作就可以用报纸把花包起来带回家。在规定时限内没有画完或者中途要离开的人，只要把画纸和花一起带回家，下周交画就行。

学生们全都离开之后，我就开始打扫教室。儿童班被搞得脏兮兮的教室都必须彻底打扫一遍，就算被孩子们叫做“鬼婆婆”也绝不手软。成人班的大人们倒是会整理干净之后再离开。

教室前放着的箩筐里还剩三枝龙胆花。鲜花店服务很周到，每次都会多准备几枝以防万一。我经常带回家让母亲开心一下。她心情不好的时候，还会发牢骚：“偶尔也想看到你带些男朋友送的花回来呢。”

自从我上个月过了二十五岁生日，这样的牢骚已经持续三周了。虽说超过了母亲总是念叨的圣诞蛋糕日[①]，但这一切都是看缘分的，真想让她打消催我的念头。

我整理完教室，上完锁，准备把钥匙交给前台。馆长已经回家了，职员前田先生正一脸无聊地翻着杂志。我发觉这个人一向都是这么懒懒散散，看来公民馆的工作还真是清闲。

“收工啦。”我对前田先生说。他单手提着杂志来到柜台前，杂志封面上写着《山岳人》几个字。

这个人也喜欢登山吗？他挽着皱巴巴的衬衫袖子，露出被晒得黝黑的臂膀，肌肉发达。看着那青筋尽露的双手，不知为什么，我似乎被他吸引住了。不过，都这么晚了，还是一头刚睡醒时的乱发，实在让人难以恭维。

我把钥匙交给他，简单地说了句“告辞了”，就朝出口走去。

“东西——”

听到这句话我回过头去，前田先生却连忙挠着头说：“还是算了吧。”

① 圣诞蛋糕日，文中是指二十五岁生日，如果到了那一天还没有找到男友，“我”就会成为“卖剩下的圣诞蛋糕”。

“有什么事吗？”我有点在意。

“没什么啦，我看你要带的东西挺重的，还想着要不要帮你搬到停车场那儿。不过你看上去拿着这些也挺轻松的样子，我觉得反而有点妨碍到你了。”

“没关系的，我已经习惯了。”

我把装着画材和道具的背包重新挂上双肩，离开了公民馆。公民馆的仓库空间有限，光是把学生们的画全部放进去就已经塞得够满了，所以我每次都会把画材和道具用一辆破破烂烂的小汽车载回家。

不过话说回来，我要是能更加柔弱一点，要是我搬起东西来没什么劲，说不定就不会成为那个到最后都卖不出去的圣诞蛋糕了吧。要是我现在的样子被母亲偷偷看到，说不定她已经开始叹气了。不，叹气之前一定会因为我没向前田先生道谢而发火吧。不过，我已经没有余力特地跑回去一趟了。

下周如果还记得，就假装不经意地说声谢谢吧。

还以为母亲会连续第四周大发牢骚，没想到今天她心情很好。我把龙胆花插进花瓶，装饰在了桌子上。平时母亲总会让我自己解决晚饭，没想到今晚她给我热好了米饭和土豆烧肉。

“工作怎么样？”

吃完晚饭，收拾干净，母亲给我泡了一杯热茶。昨天从“梅香堂”带了一些卖剩的金锷烧回来，我们一人一个品尝起来。这是豆沙馅混合鲜奶油的新产品。老板最近在研制新产品上很下工夫呢。传统点心店在这个时代可以说是重返生机，不过老主顾们的评价依然是最重要的。母亲吃着吃着就眉心紧锁。

我却觉得很好吃，反而比原味更加喜欢呢。

“没什么，和以往一样呀。”

“又来了一批新学生，就没有几个看得上的？”

“又是这个？妈妈你也知道的，我们这一带到处都只有大叔大妈啦。”

“有寄给你的信哦。”

母亲双手掩住嘴，眼神含笑。这个人满脑子人情世故，还要装可爱。

不过，来封信真的没什么大不了的。个展的邀请函和工作信件每天总能收到几封。到底是什么让她这么兴奋呢？

“谁寄来的？”

“你看这个就知道了。”

她递来一个水蓝色的信封，上面工整地写着我家的地址。翻过来一看——

“寄信人K？”

上面只写着这几个字。

“K是谁呀？知道你和妈妈住一起，所以用首字母寄信来了，真潇洒呢。”

原来她以为是秘密情书呢，怪不得这么笑逐颜开的。不过不好意思，我不认识这种人。要是拿回房间再拆封的话，母亲的期待一定会继续升级的，干脆当场拆封吧。

我把粘贴口哗哗地撕开，母亲大吃一惊：“明明有剪刀！”

——前略，请原谅我突然来信。

是一封只有一枚便笺的短信。

“真遗憾。是希美子寄来的哦。”

“短大[①]的朋友？好像就是旅行回程的时候来我们家玩过的那个孩子吧。眼睛圆溜溜的，很可爱。”

“说对了。记得真牢。妈妈没有开始犯痴呆，真让人放心。”

“真失礼。希美子和你可不一样，可讨人喜欢了，一定早就结婚了吧。”

① 短大是日本短期大学的简称，学制通常为2年，医疗技术或护理专业也有3年制的。短期大学创办目的是培训学生进入社会后能直接运用的技能和专门技术，所以在教育内容方面跟专门学校很像。日本约有670所短大，女子短期大学约占42%左右，家政、文学、语学类科系及教育、保健类科系约占一半以上，社会科学类的专业很热门。一般说来短大多强调于实用课程的教学，实用课程约占总课程数的80%以上。短期大学的文科系和一般四年制大学相比，短大更强调在打字、计算机操作能力、信息处理等实用业务课程的教导。

“真烦人！”

虽然丑话是我先说出口的，不过妈妈这句话也太伤人了，也不看看到底是谁让我放弃了他。

母亲一脸惊讶地望向我，我只是默默地带着信冲进了自己的房间。在一层薄薄的拉门隔开的房间里，我甚至没法放声哭泣。不过，我也从来没有听见过母亲的哭泣声。

我们母女俩就是这样坚强地相互扶持着。

母亲在田舍町的某个餐厅工作，一手将我抚养长大。我本准备高中一毕业就开始工作的，可是母亲说，女孩子也必须要学个一技之长，所以支持我继续深造。

之前也考虑过县内的短大，不过最后还是上了东京的短大。工作还是决定回原籍。当时，东京学校的文凭在田舍町能起到比实际更大的效果。我其实根本没有什么特别想上的学校和专业，于是就试着报了本地某个名人的女儿上的那个短大英文系。东京再加英文系，简直是如虎添翼。

就凭这种随随便便的思想准备，没想到还真的合格了。

母亲确实很高兴，不过一点儿都不吃惊，似乎我和父亲一样，考上是理所当然的。

因为经济原因和初次来到大城市生活的不安，我申请了学校宿舍。“梅香堂”的老板娘还悄悄同我耳语：“东京是犯罪的温床。”抽签结果，我进了一个叫“白百合舍”的双人房宿舍，光听名字还挺漂亮的。当时的室友就是希美子。

我打开了信。

前略，请原谅我突然来信。

短大毕业后五年了，你过得还好吗？如今我寄来书信，恐怕也只会让小纱你感到不快，不过我有一件事，务必要和你见一面，当面谈一谈。

考虑到小纱你的日程，我会专门前来拜访。请务必与我联系。

草草书就，请多多关照。

纱月收。

写着寄信人K，是不方便写上自己的姓名吗？是在顾忌我还是顾忌我的母亲呢？虽然搞不清楚这回事，但没想到直到现在她还对我有所顾忌，真是让人火大。

又要和我商量，有困难的时候就到我面前哭鼻子，和以前一点都没变。

那时候也是这样的。

刚入学时，舍友们谈论的第一个话题就是加入哪个同好会。学校内也有一些社团和同好会，不过大多数学生都在讨论加入其他大学的同好会。

我根本没准备加入同好会。我想尽量别给母亲增添负担，准备外出打工，在东京期间能到处逛逛美术馆和博物馆就好。

可是，希美子来找我哭诉了。

“小纱，怎么办呀？你认识四号室的仓田学长吗？那个人还是我们高中的学长，他来请我加入W大学的山岳同好会呢。”

仓田学长也就是我们宿舍的自治会长，尽管只大我们一岁，却有说不出的威严。他的个子不算高，但不知怎么地，从他身体中散发出来的气息让她觉得他分外高大。

既然是仓田学长主动邀请，很难拒绝吧。再说希美子本来就很受仓田学长的偏爱，整天绕着学长团团转才受邀请的。

“要不要试着加入一下？说不定挺有趣的？”

“可是我想进K大的网球同好会嘛。”

“那你就这么和仓田学长解释一下？”

“小纱你好冷淡啦。这种话怎么说得出口嘛。”

“那，干脆两边都加入。”

“不可能的。听仓田学长的话，好像几乎每天都要求集合。”

“那么，就决定去山岳同好会吧。”我笑着说。

希美子一听，靠到我的身边，像是作揖一样合起了双手。

“那么小纱，你也一起加入吧，求求你了！”

“让我再想想。”

虽然我装做一脸踌躇，不过其实根本没什么兴趣。如果是K大的网球同好会，我肯定立刻拒绝了。

“下次小纱你有什么请求，不管是什么我一定答应。”

“那我就试着去参观一次吧。”

“谢谢小纱，我最喜欢你了。”

希美子说着，拉起我的手，把我带到仓田前辈的房间里。

“这是我的室友纱月。她也特别想加入W大的山岳同好会，可以吧？”

希美子就是这种女孩。

“可以哦。”

仓田前辈对我说。

“谢谢你。那个，不会和打工起冲突吧？”

“大家都在打工，有空来参加活动就行。不过话说回来，我们的练习很严格的，没问题吧？”

“大概，没问题吧。”

我以前送过报纸，对自己的体力还是有自信的。

“真是的，学长。小纱这样的一看就没问题的，要担心也先担心一下我吧。”

希美子向仓田前辈撒娇，被一句“太娇气我可不喜欢哦”给打发了。希美子夸张地撅起了嘴，却没有放弃加入山岳同好会。

不仅如此，等我们回到房间，她已经完全转向支持山岳同好会了。

“小纱，那里会不会有帅哥呢？搞不好我们毕业的同时就能结婚了呢。”

加入同好会原来是抱着这种目的。不过，我也没好意思否定希美子。因为我也在追寻一个人。不是恋人，而是我的父亲。

希美子也曾经答应过我的愿望。我最后的愿望很大，甚至相当于她平时的十次、二十次愿望。不过，又是我自己让愿望落空了。

我嫉妒希美子的幸福，她从前就是个过分精明的孩子，然而一味沉浸在往事的记忆里，不理会她的心情，不去见她又未免太卑鄙了。

和希美子见一面吧。只要她的请求和他无关就好。

我寄出回信两天后，希美子打来了电话，一个劲儿地说着“谢谢”。

希美子本来说要来我家，结果我也到了最近的新干线车站，于是我俩约在车站里的咖啡馆见面。

五年不见的希美子，体态稍显丰盈，神色也更加温和了，有一种幸福的家庭主妇的气质。

“你很精神呢。我买过小纱你的画集哦，高山植物的素描之类的，真的很漂亮呀。不过真的没想到你会成为画家。”

“别说画家啦，太夸张了。是插画家，新人刚巧有点走运。”

“不过现在还在画吧？”

“是的，不过还不如在点心店打工拿的工资多呢。”

“点心店？就是那个卖金锷烧的？”

“没错，‘梅香堂’。”

“我特别喜欢那个。现在都觉得那是日本第一。我两年重了5公斤，说不定就是因为小纱在梅香堂打工呢。”

“彼此彼此啦。”

时常有包裹寄到宿舍，都是从各自老家寄来的特产。我的母亲也是每两个月就会寄来包裹。我常说，在学校又不用自己做饭，别老是寄来啦。但得到的答复是，这是身为母亲的乐趣，不必在意。结果包裹一直到我毕业都没停过。

里面基本上是手工做的衣服、一些小件和“梅香堂”的点心。尽管商店街也有西点屋，不过母亲坚持认为蛋糕还是东京的好吃，所以每次送来的不是金锷烧，就是铜锣烧、羊羹之类的和式点心。

其实，我不怎么喜欢和式点心。

不知是不是我太早懂事，我经常被叫去商店街跑腿。老板娘见了我，就会用纸包着点心，偷偷地塞一个到我手里。

尽管我年纪小，但也明白，面对她的好意，必须好好道谢。所以我挤出笑脸说“谢谢”，回去告诉母亲。母亲眯着眼睛说，真好呀。这时候我不得不装出点心很好吃的样子。

所以，母亲一定深信我特别爱吃那些点心。

希美子的老家在当地经营果园，所以家里送来的都是现摘的水果。她甚至连金锷烧这个名字都没听说过。这么好吃的点心，你怎么不吃？希美子鼓起腮帮问。我和她正相反，成长在一个连蔬菜都不怎么好买的环境里，总是很期待希美子家寄来的水果。

“大家把各自的零食都凑在一起吃，那时候聊得真是开心呢。”

希美子一脸怀念地望向天空，伸出手指，一一列数当时吃过的零食。

“昌美的爸爸是个船员，经常会寄来进口巧克力。还有那个奶奶会寄来腌梅干的叫什么来着？”

“千春吧。”

“对对，千春。那孩子的老家我记得是……”

我随声应和着，总觉得气氛有些奇怪。希美子在强颜欢笑。连那些不太熟悉的人，她都一一提到了。她明明是有什么重要的事情要和我谈，但似乎难以启齿，满是踌躇。

有这么说不出口吗？我自己先耐不住性子了。

“希美子，时间来得及吗？那些陈年旧事说一晚上都说不完的，要紧的事情会来不及谈的。”

我这么一说，希美子身体里的保险丝仿佛突然烧断了，低头沉默不语。

她喝了口红茶，用毛巾擦了擦手，叹了口气，重复同样的动作三遍之后，深吸一口气，终于抬起了头。

“你愿意听我说吗？”

明明刚润过嗓子，声音却小得像是挤出来似的。我默默地点了点头。

“救救那个人，我想请你救救浩一。”

浩一——我最不希望听到的名字。总之我是听不下去了。

“浩一和小纱之间的情况我也清楚。不过，现在只有小纱你才能帮他。”

“不好意思，只有那个人，不管出了什么大事我都懒得知道。对不起，我要回去了。”

我站起来，伸手拿账单。希美子用双手抓紧了我的手。

“等等，小纱，你听我说完。我半年前生了孩子，今天特地把宝宝寄放在婆家，专程来这里的。”

我恨不得一拳揍向她的太阳穴，但一瞬间，我的眼前一片空白。她生了孩子吗？希美子生下了浩一的孩子。

“就是为了通知我这种事情才专程来的？那好，我知道了，恭喜恭喜。”

我甩开希美子的手，钱都不付就走出咖啡馆。真不该见面的。真不该特地跑到这里来活受罪的。

连塞几个零钱到售票机里都让人不耐烦。

“等等，小纱。”

我刚拿到车票，希美子就从背后抱住了我。一股人乳的腻味冲入鼻腔，真想吐出来。

“放开我！”

我想挣脱希美子的双手，却纹丝不动。表面上她是那么柔弱，看来她的体力和腕力在果园锻炼出效果了。

“求求你了，小纱。”

“你给我适可而止！”

本想用指甲去抓她的手臂，没想到有人抓住了我的肩膀。希美子的手松开了。回头一看，有个男人站在身后。他背着一只旅行双肩包，一身登山装束，我还记得他的脸。

“前田先生？”

前田先生已经单手抓住了希美子的肩膀。

“我想还是在警察来之前先制止的好，给你们添麻烦了？”

和在公民馆时一样的悠闲口气。

“没有……反而要谢谢你。”

希美子羞愧难当，连逃走的力气都没有了。希美子的视线不知所措地在我和前田先生之间来回扫射。

“可以放手了吧？”

前田先生说。

“请……”

“等一下！”

我刚想说“请放手吧”，希美子忽然大声喊了出来。

“请让我说一句话。”

希美子对前田先生说完，目不转睛地盯着回头到一半的我。

前天先生也不说话，看着我。我受不了他们俩的视线，等着希美子开口。

“小纱，你还记得仓田学长吗？浩一现在，受着和他一样的痛苦。”

“……不会吧？”

怎么会？

“所以，能帮他的只有小纱你一个人了。”

我已经完全了解希美子偏要来见我的理由了，甚至拼命说出自己有孩子的理由和不顾他人眼光抓紧我的理由，也都懂了。不过，我不能立刻答复她。

“求求你了。”

希美子的大眼睛里涌出热泪，溢出眼眶。好漂亮的眼泪。为什么人的身体里能流出这么纯洁透明的液体呢？而现在，我身体中涌动的感情又是什么呢？

“不要哭！如果你真心想求我，就把你的眼泪先还给妈妈和我再来求我！”

我对着前田先生挥了挥手，走向回程电车的检票口，一个劲儿地往前跑。我绝对不要回头。

但是，已经感觉不到希美子在身后追逐的气息。

第二章

✿ 关于花

我还以为上午不会那么忙的，专门挑了这个时间，可是“山本鲜花店”的柜台深处，健太仿佛还没察觉到我已经走进店内，双手忙个不停。白色、浅紫和深紫色的大波斯菊，取出花朵，套上玻璃纸，再系上粉红色的丝带，一枝就完成了。

“伯父和伯母呢？”

听到我的搭话，他才抬起头。

“市民会馆，下午有个很有名的经济学家的演讲会，他们先去了。”

“嗯。那健太你呢？”

“必须在十点前把这些花送到金合欢幼儿园的玫瑰班。今天是参观日，班主任的课程排满了，还要休产假，于是家长们打来电话，说要按照班上的人数，把三十枝花一枝枝包装好送到幼儿园。平常哪有当天早晨九点半就打电话来订花的？真是的。”

“家长大人们从来都是超乎常理的。话说，为什么玫瑰班要订波斯菊？”

“三十枝玫瑰，恐怕会超出预算吧？”

“把各种各样的花混在一起不就好了嘛。老师最后统一分发给小朋友们，看上去不是很华丽吗？”

“绝对不行。之前有一次就让我混起来，我那么做了，用八枝玫瑰和其他好几种混搭起来。结果好像是负责买花的家长就把自己家和朋友家孩子用的玫瑰预先藏着，剩下的发给其他孩子，最后其他家长竟然打电话到我这儿来发脾气：‘我家的宝贝不就成了陪衬吗！’”

健太模仿起孩子母亲那种歇斯底里的口气。和我说话的时候，他也不停下手上的活。

“可以想象。因为我每天也要面对那种人。波斯菊是对方指定的吗？”

我来这里的路上，看到附近居民家的庭院中都盛开着漂亮的波斯菊。

“是啊。好像说发完花之后还要唱歌。”

“唱波斯菊的歌？真有这种歌？”

“不是有百惠的那首名曲[1]嘛。”

“可是，像幼儿园监护人这种年纪，别说我们这么大的了，再年轻一点的人几乎都不会有印象的。那种出生之前流行的歌曲，没人会知道的啦。并非人人都是健太啦。”

同学会的卡拉OK上，健太总是唱些怀旧金曲。不愧是卖花人的儿子，有出现花名的曲子全是他的拿手好戏。不过现在他已经没空哼歌了。

“我来帮把手吧？系几根丝带还是没问题的。”

“好啊，帮我大忙了。”

我隔着柜台站在健太的斜对面，接过了丝带和剪刀。

“话说回来，梨花你找我有什么事吗？”

“能不能告诉我K的联络方式？”

“K，就是那个送花的？”

“是呀。每年不是你就是伯父会送到我家来。K一定是预先下了订单吧。”

和K的联系就是花束。我还以为问一下健太就能知道了，不过来了一趟才知道事情没那么简单。

K所下的订单是在其他FLOWER ANGEL的加盟店订下

① 这里所说的名曲是指山口百惠在1977年发售的单曲《秋樱/コスモス》。

之后，经由FLOWER ANGEL 本部，再由离发货地址最近的加盟店“山本鲜花店”继续接手配送的。本部发来的传票上面，一点都没有提到K的信息。

“那也是可以理解的。最近几年，本部的网页上已经可以订花了，根本见不着客户的面。多贵的花，用这个那个搭配出什么感觉，当面问毕竟和写在纸上的不一样。”

“那样就不知道对方想通过花传达怎样的心意了。K一般想要什么感觉的？”

“别提了。他只是指定一个价格，接下来全都交给我们。哪怕店主是个完全不会搭配的大叔都无所谓。卡片上也只写一句‘K赠送’。那句话都是我用电脑打出来的。”

健太回过头，忽地努了努下巴，指向架子上的台式电脑。

“我都不知道。有点不可思议。”

长腿叔叔会全部交给花店随意处理吗？

“算啦，待会儿我把这些送到幼儿园之后，帮你去本部问问看吧。”

“多谢你了。”

“作为回报，我去送货的时候能帮我看一会儿店吗？十分钟左右。大概不会有客人上门。”

“好呀，反正我有空。”

“我看到那则新闻了，你这种底层员工结果怎么样了？”

“惨不忍睹啊，一通电话就把我解雇了。别说退职金了，连上个月的工资都要赖不肯给。哪怕是临时工也好，真希望有地方能让我工作一阵。”

“前阵子‘梅香堂’的老板娘请我用电脑给她做招工海报，不知道那边有没有招满。”

“‘梅香堂’吗？好像不错。”

“啊，不过，你去了那里，可绝对不能和招牌妹‘小纱’相比。”

“招牌妹？”

“我家老爷子可是粉丝团的天字一号啊。既然是头号粉丝，送她一大束花不就行了嘛。可光是在水彩画班上课用的那种花束里多塞两三枝都要了他的命。胆子真是小得可怜。好笑吧？”

“没想到啊。”

我系好了最后一根丝带。

“我今天下午要去公民馆的插花教室上课，不在这儿。等我调查完K的情况，要不要一起吃晚饭？”

“好呀。健太你这么好学吗？”

“别说傻话啦，我可是讲师。”

“没想到，明明都住在一个小镇，我这也不知道，那也不知道。”

“你的居民意识太差啦。关于镇上将来的发展，也完全没有考虑过吧？”

说得没错。不过我觉得根本没有考虑的必要，我又不是议员。何况，我现在自身难保。

“晚饭，不介意的话来我家吃吧。我做点好吃的。”

我要极力限制不必要的支出。如果是健太的话，做点咖喱就行。

“那，明天就准备订婚吗？”

“你说什么？”

“你昨天和今天才刚来了我这边两趟，真是没搞清楚状况呢。婆婆都不在家，你带个男人回家试试看。‘梨花不知带了谁回家呢，啊呀，那不是花店的健太嘛。’一到明天，流言飞语就满天飞了。”

“不会吧……”

太夸张了，我本想说出口的。不过这个小镇上的人，往往是高中毕业之后一离开就再也不回来了。能被传流言的年轻人几乎没有。所以只要有一点点流言就会持续很久。那一次也很长时间呢。

两年前，在“JAVA”同一班当讲师的一个美国男孩回国之前，我请他去点心店喝茶，还介绍他去了“梅香堂”。我明明说他是我的工作伙伴，没想到过了几天，老板娘就问我那个金发男朋友最近怎样，我只能回答说他回国了。不知何时我已经被大家当成了“蝴蝶夫人”[①]。不知商店街到底误导了多少人啊。

如果对方是健太的话，那就更麻烦了。我们两个之间明明什么想法都没有，但是很容易想象出“他们好像最近要结婚了”、“已经同居了”这些流言飞语不断失控的情形。

一辆白色卡车停在店门前，上面写着“山本鲜花店”几个字。伯父和伯母走下车来。

“正好回来了，就不用你看店啦。待会儿我会发短信给你的，手机记得开机哦。”

健太说完，从柜台下取出一个纸箱，把波斯菊小心地装进去，双手抱着纸箱往外走去。我也一起往外走。

“哦，是梨花。昨天的金锷烧可好吃了。”

伯父一边从卡车的货板上卸下空篮子和空箱子，一边不忘笑嘻嘻地向我道谢。金锷烧。健太一脸尴尬地把箱子装上停在店旁的小摩托车货板，用绳子捆紧。我绕到健太的正面，对着他黑色围裙的口袋轻捶了一拳，转身说了句“先

①《蝴蝶夫人》是意大利音乐家普契尼（Giacomo Puccini）创作的歌剧，讲述一个美国军官对一位日本艺妓始乱终弃的情爱故事。

走了”。

不管会传出什么流言，绝对不要和这家伙扯上关系。

本来想直接去看望一下外婆的，结果却决定先回家。

健太说要在国道旁边的家庭小酒馆见面。我回复说，想喝酒就自己开车来接我呀。没想到他竟然答应了我玩笑般的要求，开车到公民馆门口接我，但事实明明是我有求于他……

“公司说不能透露个人信息啊。”

他喝着冰啤酒，这简简单单的一句话就是答复。

“我试着死缠烂打地追问了一番，结果对方说我是违法的。”

“不过，既然他们不告诉你，也就意味着FLOWER ANGEL本部是知道K的联络方式的吧。”

“哎，就是这么回事。这件事暂且不管，K到底是什么人？我只不过是每年送花过去，根本不知道是什么情况。”

我所知道的，也仅此而已。

每年十月二十日，就会有寄给母亲的一大束花送到我家来。自我记事起，就有了这样的记忆。

小时候我不会去思考这花到底值多少钱。花店的大叔必须要侧过身来才能把一大束花送进玄关，我只是觉得花好漂亮，不停地盯着看。这日子并非谁的生日，也不是什么结婚纪念日，却有花会送到家里，我完全没有感到一丝疑惑。

面对伸出双手都无法环抱的巨大花束，母亲也不露出喜悦的神情，跟接过一份传阅板报没什么两样。每年花朵的搭配明明是那么别出心裁，母亲却看都不看一眼就拆开花束，神色淡然地分开花朵，这些放佛龛，这些放到外婆的房间，还有这些放客厅，最后把丝带和包装纸分给我。我注意到花里夹着一张卡片，递给母亲的时候，她说，这个也给你，接着塞到我手上。

白底的卡片上画着红玫瑰的图案，还有“K赠送”几个印刷字。就这么几个字，却如同请谁到城里参加派对的邀请函一般，年幼的我心怦怦地跳。刚认识的那个英文字母令我心痒不已。

—— 一定有一个帅气的王子喜欢妈妈，那爸爸该怎么办呢？

尽管我有那样的担心，父亲却总是说一句“是嘛，又一年了吗，真快啊”，仿佛每年的惯例一样，只是从储藏室里取出几只花瓶。

——K是谁？

曾经有一次我问母亲。

——他不是人哦，是“抽奖”的K哦。く[①]，KU，你学过罗马字吧？妈妈中了大奖，所以每年都有花送到家里来啦。

她撒谎的时候甚至都没有抿嘴微笑，只是那么平淡地说了一句。这种比圣诞老人还离谱的中大奖的说法，我竟然一直坚信，还以为真的中了一个特大的奖呢。

上大学之后，初次交往的那个男孩子在我生日那天送了一束花给我，我还因为花束太小而大为失望。但是，朋友一看到就说“那男生很努力嘛，这花恐怕要值一万日元吧”，我惊讶得差点把花瓶碰倒。

我终于了解到，送给我家的花束价格相当高，于是乎怀疑应该是某个特别的人送来的礼物，不过除了鲜花以外，完全感觉不到还有其他的什么。但是，鲜花依然一年一度地送到我家，说不定真的是中了大奖呢，我渐渐地相信了。

K毫无疑问是一个“人”。

举行父母遗体的告别式几天后，一个自称K的秘书的人到访，并且主动提出援助。尽管我拒绝了，鲜花依然每年送到我家。

① 抽奖，くじひき的第一个假名是く，罗马字发音为KU。

“就这些。”

“年纪老大了竟然还相信什么中大奖了。关于K，你真的没有什么头绪吗？比如说外婆的熟人之类。”

“我也想到了，还到处去调查过。”

从下午到现在，我们一直都在寻找K的线索。妈妈的通讯簿、贺年卡，还有留着没丢的笔记本电脑都检查过。

“到处都是带K的人，算上姓和名，基本上五成都是K。考虑到是27年前开始送花的，人数是精简了不少，但和谁在什么时候相识的，我不可能全都知道。要是署名是像我这样的R啦、F啦、W啦之类的就好了。”

“这么一说，我也是K呢。如果到头来K就是我那怎么办？”

“送花的人就是开花店的吗？那匿名的理由呢？”

“说得对。既然贺年卡上都会写实名，不可能只在送花的时候写上‘K赠送’。你记不记得有一些闲聊的时候常会出现，但是没记到通讯录上的名字？”

“完全不知道。妈妈根本就不是爱叙旧的人。下次去哪里，干什么事儿，她就知道说些今后的事。我去打听爸爸的情史，他只给我来一句，是怎么认识的来着？看上去根本就是记不起来了。既然爸爸都是那种人，就更加没戏了。”

“外婆怎么样呢？她一定很清楚吧？女儿和自己住在一

起，还总是收到那么大的花束，一定会问是谁送来的吧？”

“当然咯，我问过外婆。K的秘书来我家的时候，我和外婆也在一起。如果接受了援助，就是和完全没有关系的人结下不解之缘了。不知为什么，他们总是一副事不关己的口气。”

“到底是为什么呢？你好奇心不够啦。要是我妈妈收到那种鲜花，肯定要彻查到底。”

“可是……”

正因为我是这种人才毫无办法嘛。

“还有，秘书是怎么跟你作自我介绍的？”

“哪方面？”

“到底是谁的秘书呀？主人啦、社长啦，应该有各种各样称呼自己雇主的方式吧。”

“就称呼K。我作为一向受您母亲生前照顾的K的代理人前来拜访……之类的感觉。也没有加什么尊称，也没有说自己有其他头衔。”

“秘书，真是奇怪。他是个怎样的人？”

“年纪和我差不多啦，可能大我几岁。个子高高的，脸也很标致，给人一种年轻有为的感觉……对了，按照《长腿叔叔》里写的，秘书自己也有可能就是K呢。”

“你不是从记事起就有花送来吗？那时候他不也是个小

孩嘛……虽然确实有点可疑，不过既然是那么帅的人提出援助，你干吗不积极一点再考虑下，就那么干脆地拒绝了？”

“样子太讨人嫌了，好像有一种‘凭什么派我来做这种事情’的不满态度。我刚拒绝，他就说了句‘那我会向K传达’，立刻就回去了。”

“也就是说只有K愿意帮助你，和那家伙完全没关系。对了，为什么你现在却突然想要知道K的真实身份了呢？”

“我有事求他。”

“什么？”

“我需要钱。”

“就因为公司倒闭？别开玩笑了，给我自力更生啦。”

“不是因为这个啦。”

我把外婆的病告诉了健太，没用那些客套话，而是，说了事实，接着还说了外婆想要参加投标，价格很高，倾尽存款都不知能否负担得起的事。

“外婆到底想买什么呀？她看起来不像是会被物欲诱惑的人。”

“对吧，所以说，一定是非常想要的东西。如果要买下那件东西，手术方面就困难了，所以我想尽快把信送到K手上。”

“信？说不定有办法。”

“怎么做？”

“把信送到FLOWER ANGEL总公司，让他们转寄不就行了嘛。他们只是拒绝告诉我联络地址而已。如果你把信和鲜花一并寄过去，你就成了客户。不用太大的花束，只要寄去阿姨最喜欢的花，K一定也会高兴的吧？”

“好厉害，健太你真是天才。不过，妈妈最喜欢的花是什么来着？”

“真是的，身为女儿竟然什么都不知道吗？”

“不过，比起花店卖的花，她说不定更加喜欢野花或者高山植物之类的吧？毕竟是个爱旅行的人。”

“没错。和K的邂逅也是在旅途中吧？说到登山，普通人和大富翁都必须要走同一条路。可以理解成K遭遇危险，结果被阿姨救了一命吗？”

似乎有点道理。如果偶然救助的那个人很有钱，就算比喻成中了大奖也不奇怪，也能理解外婆的说法了。对方当我们是救命恩人，但对于母亲来说，只是一件毫无风险的事情。所以说，就算接受了对方送来的花，也没必要沾沾自喜。就算父亲知道这件事，也没必要吃醋。

“我觉得说不定就是这样。明天拜托你帮我寄信，我就放在车子上，回去的时候交给你。花嘛……就波斯菊好了。对了，今天幼儿园怎么样？”

“果然，就是百惠。”

趁着店里空荡荡的，健太哼起了《秋樱》。

刚坐上车，哼唱就变成了放声歌唱。他只是喝醉了。

不过，好像我是第一次仔细听歌词。是首思念母亲的歌吗？

父母双亡确实带给我很悲伤的回忆，我似乎没有沉浸在这种悲痛中太久。大概是因为外婆一直陪在我身边。还有什么别的理由吧？比如说，我基本没见过母亲操劳的样子，也从来没有见过她哭泣。真想让她轻松一点，真想让她多吃点美味佳肴，真想带她到各地走走，这种后悔的心情完全找不到踪影。

不过，只要我更深一步去了解，就会发现母亲有我所不知的一面。认为她度过了足够幸福的人生，大概只是我的主观看法，她本人会不会还有许多事情想去完成呢？

难道她就一次都没想过要和K见一面吗？

对那样每年送花来的人，不可能一点想法都没有。为什么当初我没有问清楚呢？如今却已经无法见面。

就算不和K直接见面，说不定也能借到钱。不过，我还是尽量要和K见一面，我想要了解更多母亲不为我所知的那一面。

我把车停在金合欢商店街靠车站那边的入口，健太的父亲大概也在附近的酒馆喝了不少，脚步踉踉跄跄。“哦！”他似乎注意到了我们。

“健太，和梨花去约会了吗！”

他大声说着，朝我们走来。这样一来，我们为了避人耳目专门挑了那么远的店就变得毫无意义。

“是工作啦！”

健太有点吃惊地说。确实，本来就因为健太经营花店才和他谈了那么多，这肯定算是工作。

“这么晚了，还有什么工作？你到底去干什么啦，从实招来。”

大叔开始纠缠不清。幸好商店街基本上全都打烊了。

“这家伙她想知道K的联络方式，不过FLOWER ANGEL总公司又不肯告诉我，于是就来和我讨论该怎么办。就这样！”

“每年都要订花的那个K吗？”

“没错。”

“大概是哪个有名的画家或者建筑师吧。”

大叔爽快地说。

“……是这样吗？”

“我刚接订单的时候还不认识他，不过有一次听收音机，忽然出现了那人的名字，好像是个听说过的名字，他的声音我也有点印象。”

“订单就是FLOWER ANGEL发来的匿名客户传票吗？”

“是在加盟FLOWER ANGEL之前啦。最早几年都是直接打电话来预约的。费用是靠汇款挂号信送来的，至于设计包装都委托我们做。”

“当时的传票，还留着吗？”

“不是你处理掉的吗？还说什么接下来就是电脑管理的时代了，几十年前的传票根本不需要了，根本没仔细确认就全被你扔光了。我早就说过，哪天说不定还能派上用场，我拦着你都没用。”

我一脸怨气地望向健太，他不好意思地合起双手。

“还记得名字吗？”

“嗯，叫什么来着？在订单上看到他的名字也就最早那年，后来都是用K署名的。总之，我肯定他的名字是K行假名来着。”

“加把劲儿啊，还能想出什么别的不？”

大叔架起胳膊：“唔——”他歪过头。

“对了，八万日元的鲜花，从来都没接过这种订单吧。当时的八万日元啊。送花的对象说是要结婚，不过不知道和那对夫妻是什么关系，当时还试探过他呢。”

“真是老不正经啊。然后呢？”

“我问：‘您委托我们设计插花，请问您希望把鲜花设计成怎样的形象呢？是献给恋人呢，送给朋友呢，看望病人呢，还是恭贺新婚呢？送花总该有什么目的吧。”

“老头子果然脑袋转得快。然后呢？”

“送给我爱的人。”

我的心弦一下子绷紧了。

“K的秘书说他受过我家的照顾。难道就没有什么对恩人的感谢之情吗？再说了，那种有点肉麻的话，一般人不会说出口吧。”

“不，他说了。就像译制片配音的那种带点沙哑的嗓音。要是接电话的是孩子他妈，肯定都要晕过去了。”

“妈妈也知道那条留言吗？”

“不清楚啊，我反正没说。K直接说过，不要用写出来的，得用鲜花表现出来。再怎么说我也是有山本流宗派的尊严的。”

山本流这个名字虽然很奇怪，但每年送来的花，都让人不敢相信是出自商店街那个大叔之手，从插花到设计都美极了。

鲜花的主题是“送给我爱的人”，母亲不知有没有注意到呢？

她多半已经注意到了。她是个感觉敏锐的人，尽管在教育方面一向是放任主义，但只要我情绪低落或者有什么心事，立刻就会被她看穿。

是深山里某个年迈的大富翁送来的贺礼，我自作主张地下了定论。但假如说K真的爱着母亲，并且提出要帮助我们，那我去求他应该没什么问题吧?

✿ 关于雪

夏美来我家拜访了。

阳介虽然就住在这个小镇上，但夏美总是拒绝和他一起来我家。她和孩子一起住在婆家，也就是我舅舅家。家务完全不动手，小孩才一岁，也完全交给我舅妈带，一会儿要买东西，一会儿要旅行，没事就往外跑。而且，她本人还自信满满地说这才是维持好婆媳关系的秘诀，我完全无法理解。

她说记不住我家在哪儿，要我去接她。我特地来到车站，她一点体恤和寒暄都没有，冷冷地说了句“你是走过来的”，露出了明显的失望。“真没办法啊，”她小声嘀咕。在这种清晨和傍晚都很冷的季节，夏美还是穿着低胸连衣裙和高跟鞋在金合欢商店街阔步行走，好像田舍町就是一片电影外景，而她是专程来参观的女明星。

我很难和她亲近，但她依旧我行我素，泰然自若。

我家租的房子，两个人住绰绰有余，但这座平房也不怎么宽敞。夏美一进门，没有坐在我事先铺好的坐垫上，而是随手拉过和弥工作用的椅子，跷起二郎腿坐下了。没办法，我只能把自己用的坐垫放到夏美脚边坐着。这样子总觉得像是老师在训斥学生。

桌上放着给夏美准备的咖啡和从“梅香堂”买来的金锷烧，她也不把带来的曲奇罐头递给我，而是自顾自地哗啦啦打开包装纸，往书桌正中央一丢。正坐在垫子上的我，就算伸长了手臂，都够不到曲奇。

“这种穷乡僻壤，你竟然还真跟着搬来了。做什么都不太方便，每天肯定很无聊吧。”

夏美望着窗外说。小孩子们打棒球的那片空地对面，有几幢民房，再往远处，连绵的山已经开始染上秋色，天空一片湛蓝。

“没有的事啦。商店街也很近，医院和派出所之类的生活必须设施也基本都在骑自行车就能到的范围里，反而是很方便呢。镇上的活动也有不少，只不过我还没参加过几次，闲着没事在家的日子大概没剩几天了。”

我尽量保持着从容不迫的表情回答。

“真了不起。我就算待在T市都觉得无聊。”

夏美说着，用手指尖从罐头里取出一块出自那家有名的西点屋的曲奇，放进嘴里。T市虽说只是个偏远城市，但也具备了大都市的各种功能，我随着和弥一起搬来这个什么都没有的无聊小镇，完全是为了丈夫着想，她大概是不会懂的。

读完研究生，阳介在自己的父亲，也就是我舅舅负责的公司里上班。但是，仅仅一年之后，他就提出想要独立组建一个新的建筑事务所。阳介主张说，他在庞大的组织当中很难发挥个人的实力。舅舅提议他接下来几年先一边学习一边工作，等到时机成熟再单干。但阳介坚持说现在时机已经成熟了。

舅舅属于那种大喝一声就沉默不语的类型，而阳介是那种会绕着弯搬出理由来说服对方的人，和舅舅完全相反。舅舅只能勉强答应他，也决定为他创建事务所提供资金援助。和夏美结婚那次也是这样，舅舅对别人是绝对的严厉，但对自己的儿子总是过于放任。

城区的业务总是被几家大公司包揽，想要白手起家很困难。于是阳介决定挑一个距离城区三小时车程的乡镇来建事务所。他提出了好几个候选地点，正一步步进行着单干的准备。

舅妈来到当时我居住的公寓看我时，似乎非常担心阳介这事。不过当时我自己都有些焦头烂额，对于他独立不独立，我完全无所谓。

可是，有天晚上，和弥跟我谈起这件事。

——阳介请我在新事务所搭把手。

“总之，一切就看这一两年啦。刚开始肯定只能接一些小的单子，不过阳介的抱负肯定不止这一点点。”

多么荒唐的借口！

我们两个先在地方上打响名气，不久之后一定能走向更广阔的舞台。为了这个目标，和弥你的实力是不可或缺的。你也不想让自己的才能埋没在组织之中吧——就这样一连串的甜言蜜语说服了和弥。他在公司积累下的坚实基础全都清零，不，是回到了负数，即便如此，他还是一路坚持到了今天。

我们的目标可不止这么一点点。

那只是阳介的说辞。抱着收入减少和将来发展不稳定的心理准备，决心辞去公司的工作，一心支持阳介的事务所，是因为和弥真的很想做设计工作。

和弥在大学的理工学部专修建筑系的设计专业，也是被建筑公司以技术员身份聘用的，却被分配到了营销部。刚入社的前两年，新员工都会被安排到营销部，第三年才会分配到各自的岗位，但因为最初两年的业绩太过优秀，和弥被要求留在了营销部。

——如果你去新事务所能施展抱负，我也不反对。

“话说回来，我上午去事务所转了一圈，发现阳介都被大家孤立了，好可怜。和弥要是能再好好辅佐一下就好了。现在连谁是公司代表都分不清了呢。”

我们会定期拜访阳介家，但夏美从来没到我家露过脸。这下我算是完全知道她突然到访的理由了。不过，有意见的明明应该是我。

因为和弥在新事务所依然被安排做营销工作。

和本地的工程队搞好关系，把学生时代才华横溢的后辈请来这种乡下事务所当经理，招收本地的事务员，把小小的北神建筑事务所注册成为公司，渐渐地接到更大的项目，全都是靠和弥一人的努力。

阳介再怎么画设计图，恐怕也不能服众吧。

事到如今还要和弥好好辅佐他，厚颜无耻也该有个度啊。

“阳介看上去那么可怜，难道不是因为夏美你总是和他分居两地吗？就算身边有家政阿姨做这做那，看上去你还是没尽到妻子的责任。把营销工作全部推到和弥身上，还要牢骚满腹，也太过分了。”

加代如果在场的话，一定会称赞我说得好吧。我鼓起勇气说了那么多话，夏美还是摆着一副无所谓的表情。

“推到他身上？阳介本来就是因为和弥能做营销这片，才这么重用他呢。大家都围着高野团团转，阳介只不过是高价收买了他的人望。真不知道美雪你有什么不满足的理由。”

“和弥不是被请去做设计工作的吗？”

“这我还是第一次听说。再说了，如果没有阳介认可的水准，他是不可能让那人画图纸的。”

“那么，果然是夏美你搞错了。和弥的图纸画得可好了，他可是很有艺术天分的。”

光嘴上说，夏美恐怕是很难理解的，所以我从抽屉里取出一些和弥在学生时代画的图纸给她看。

“啊呀，真不赖，不愧是学设计的。”

夏美好像很佩服的样子，一张张仔细地看。

“夏美，现在你懂了吧？”

“他在建筑事务所有过工作经验的，还参加过大美术馆的项目，还是在很有名的那个地方和阳介结识的呢。”

我一不小心在气头上把图纸随便给她看，真的没问题吗？尽管有些不安，但我这么热情地给她看图，只要她能够理解，说不定会回去告诉阳介“和弥画的图纸真漂亮”，我反而开始满心期待。

“不过，这种程度还差得远。”

夏美全部翻完，把图纸随便地朝桌上一丢。就在此时，剩下的一点咖啡被打翻，飞溅到最上层的那张图纸上。我赶紧用毛巾擦拭，但已经渗入了不少。可是，夏美连一句抱歉都没说。

“好过分……”

“话说回来，晚饭怎么解决？”

夏美若无其事地拍拍自己的肚子。她飞扬跋扈的动作，把我对弄脏图纸的抗议都盖过了。

和弥本来还在慎重考虑该不该和阳介一起干，来请我说服他的就是舅妈和夏美。

——换个环境就怀上孩子的人经常有的呀，这不也是为了美雪你好嘛。

我倒不会随随便便相信这种话，但确实感觉有人在背后推着我，逼我去说服和弥。

——我换个地方住也没关系的。说不定换个环境，人的心境也不一样了，说不定能遇到什么好事呢。

我记得她们当时一副感恩戴德的样子，从来没有如此嚣张的气焰。

“你回来还赶得及吗？”

我完全不理她的提问，直截了当地望了一眼时钟。

“对呢，我得赶快回家啦，婆婆被外孙折腾了一整天，肯定已经筋疲力尽了呢。”

对夏美的刺激完全没有效果，她反而加倍地来挖苦我。我连送她回车站的精气都没了，一把她送出玄关，还没走远，我就回了房间。

我和阳介是表兄妹，和弥和阳介是好友兼同事，夏美和阳介是夫妻。事务所开设才半年，我们四人本应该建立起比任何人都紧密的信赖关系。就像一艘势必要航向大海的小船，却只是随意地拼搭起来，实际上重要的关节都是松松垮垮的，我不禁感到一阵凄凉和不安。

我第一次看到和弥画的图纸，刚好是和弥为是否要搞事务所而烦恼的那阵子。

半夜，我感到一丝寒意，睁开眼却发现和弥不在身边。我循着隔壁房间透出的灯光来到和弥身旁，他一个人盯着那张图纸。和弥以为弄醒了我，连忙道歉。但这种独处的时光很难得，我们之间也流淌着与平日迥然不同的气氛，反而让我觉得很愉快，于是我煮了两杯咖啡。

——这难道是和弥你画的吗？

我一问，和弥就不好意思地说“学生时候画的啦”，接着又给我看了其他图纸。我虽然只是个事务员，但也在建筑公司工作了好几年，对于平面图和构造计算还算略知一二，不过我最喜欢看的还是完成预定图。

那是类似剧场或者博物馆的建筑物图纸，画有五种方案，每一种都细致又亲切，设计中透出和弥的味道。

——这张最好看。

我说着挑出一张来。和弥说："这也是我最有自信的作品。"仅仅这句话，就让我沉浸到幸福的空气中。翌日，和弥就带着我一起到公司辞职，还和阳介一起到舅舅家，通知他们要搬去新事务所。于是我们两人来到了这个小镇。

我把弄脏的图纸垫在最下面，放回了抽屉。

我在金合欢商店街采购完晚饭的食材，刚准备回家，就听到身后有人喊"太太"。我觉得不是在叫自己，径直向前走了几步，又传来一声"高野太太"。

我停住脚步回头一看，从路边一幢小屋的玄关处，走来一位像我母亲那般年龄的女士，边走边招手。我不认识她，刚想离开时，她却先开口打招呼了："我儿子在事务所承蒙您先生照顾啦。"

似乎是和弥招收的事务员森山的家属。

——我刚来这边人生地不熟的，多亏了事务部的森山君常常带路。我准备下次请他吃顿饭，到时候就拜托啦。

我想起和弥说过的话。

"我们才多亏森山君的帮助呢，"我低下头。"哪里哪里，也不知道是不是真的派上用场了。”对方又低下头。我们互相点头哈腰的，总觉得很滑稽，我不禁笑出了声，森山夫人也爽朗地笑了起来。

“已经习惯这边的生活了吗？”

“还好，慢慢地就习惯了。不过，还是有好多不懂的地方。”

“可以的话请都来问我就好。镇上也没啥好东西，‘梅香堂’的金锷烧推荐您去尝一下。已经吃过了？那个一年到头都有卖，不过再过一阵子天就凉下来了，会卖一种表皮油炸成黄褐色的炸面包，那个也好吃。”

“听上去就很棒，我一定要尝一下。”

我又高兴地低下了头，视线停留在庭院里盛开的波斯菊上。

“波斯菊，真漂亮呀。”

我只是随口一说，没想到森山夫人竟然回房间取出剪刀和报纸，剪下一大束花，说：“这些请带回家。”我单手都没法捧这么多花。

和弥已经被镇上的人接受，我也因此被亲切对待。但是，融入这片区域，这反倒应该是我的职责才对。我真心觉得不该再因为一点小烦恼就把自己锁在家里，为了和弥能够更方便地展开工作，我要和这个镇上的人们搞好关系。

玄关、餐桌，家里到处都点缀了波斯菊。

和弥下班回家，我告诉他这是森山夫人给我的，他也十分高兴。我顺便说了夏美来家里的事情，不过对话的内容我绝对不想再提了。

洗完澡，和弥让我先睡。他打开一盏台灯，铺开一张制图用纸。

“要工作吗？”

“不，也不是工作啦……”

和弥双手叉腰站在那儿，一会儿望天一会儿望地，似乎在犹豫要不要告诉我详情。

“不方便说的话，也不用勉强呀。”

“不，不是的。我本来就准备有一天会告诉你的，大概就是今天吧。我先向你宣言之后再开始解释也不迟。”

不知为什么，我的心跳个不停。

“我想参加一个竞赛。”

和弥说的是，县内正要举行美术馆的设计竞赛。建设预订用地是比这里更靠近山地的某处。为什么要在那种地方造美术馆，的确是有某种意义。要在那里展示什么，就连我这种对艺术一窍不通的人都知道，那就是去年刚去世的，被称作日本毕加索的香西路夫的作品。这样的话，来观看的人一定会络绎不绝。

“这里和香西路夫有什么渊源吗？”

“好像因为身体不适，香西路夫来这里疗养过三年，他的风格前期和后期不是截然不同嘛。在这儿的时期就是风格变化的转折点，不光是画，似乎还预备要展示他当时寄给友人的信件和日记。”

“好厉害，这样的建筑物竟然是和弥来设计。”

“你也太心急啦。不光是县内，恐怕全国范围内都会有人来竞争吧。不过，我早就打算好拿出至今为止的积累去赌一把了。”

“之前你说的就是这件事吧。为什么不早点告诉我呢？”

“初选审查万一落选了就太没脸见人了，要是通过的话，总免不了要做模型出来，本想到那时候再告诉你的。”

“怎么会没脸见人嘛。我觉得和弥你一定能被选上的。因为，我第一次看香西路夫的画时，和第一次见到你画的图纸时，那种感动很相似呢。”

“和那种奇特的画一样？”

“不是啦。有些画和前期后期风格都有些不同。说不定就是在这个镇上画的呢。”

第一次见到香西路夫的画是五年前左右，我和舅妈一起在大商场的展会上看到的。“这些能称得上好看吗？我可是对艺术一窍不通呀。”舅妈小声嘀咕。“是呀。”我随声附和。但这时，有一幅风格十分特别的画强烈地震撼了我的内心。它的色调灰暗，笔触纤细，却让人感到莫名的温暖。在这幅画前面，我站几小时都愿意，就是那样一幅让我深有感触的画。而且，我可以想象到这幅画陈列在和弥设计的建筑物之中的样子，丝毫没有不协调之感。

“我记得标题里好像有个月字。不好意思，我只是个外行，还说得好像头头是道的。”

“哪里，我觉得自己有了个大大的后援团呢。”

他说着，轻抚我的头，仿佛接下来是我要去挑战什么目标一样。

“如果我打扰到你，我就先去睡啦。可以的话我们一起起床，我还想在房间里织会儿毛衣呢。行吗？”

“那你还得明天早晨起得来才行。”

他这么一说，我才觉得还是睡个好觉更舒服，不过和弥就要向那么大的目标发起挑战了，我好想多看几眼他的背影，于是决定加把劲儿，起一个大早。晚饭干脆就去买炸面包和带点焦皮的金锷烧，再配上咖啡吧。

✿ 关于月

哪怕不用翻开相册，那时候的一切都记忆犹新。

希美子、浩一、仓田学长……

我对自己的体力抱有自信，于是加入了山岳同好会。没想到第一天训练就是沿着河岸跑十公里。我的心脏咚咚地悲鸣起来。不断有队员掉队，我竟然跑完了全程。正筋疲力尽地调整呼吸时，我发现希美子就在身边。“啊——好累啊。”她边说边啃一块巧克力。

——小纱也来补充点能量。

尽管我现在一点儿都不想吃巧克力，但我还是不愿意承认自己的体力比希美子差了不少。于是我假装平静地把巧克力块塞进嘴里，实际上胸闷得都快要吐出来了，难受得眼睛也差点睁不开。

可希美子似乎完全没有注意到我这种状态，大大的眼睛忽闪忽闪，凑到我的耳边说了句悄悄话。

——小纱，我好喜欢那个学长。

我能找到打工的地方，多亏了“梅香堂”的一片好意。

去年刚迎来花甲的老板和从前经常偷偷送我金锷烧的老板娘，他们的儿子，也就是少店主，就要结婚了。从前他总是说着“我可是小纱粉丝团的第三号呢”，可今年秋天，他很快就会和年轻可爱的女朋友结婚了。再怎么奉承我，等到老婆迎进门，大概就不需要我了吧。

现在我只能站在柜台前发呆。

快过期的点心，老板娘总是会让我装盒带回家，对于卖剩下的点心我自己是很喜欢啦，但总该卖出去一点呀。好不容易搞出了新商品，要是销量还提不上去，就会停止生产的啦。红豆馅和鲜奶油搭配明明很好吃，镇上的人怎么还不快些发觉，特别是年轻人。

“老板娘，把称呼换一个怎么样？”

“称呼我的？”

“商品啦。比如说金锷烧，豆沙馅、栗子馅、鲜奶油之类名称的确让人一目了然，不过一点都不讲究啦。让人完全提不起购买欲。”

“说的也是。如果是蛋糕，从柜台外看见，只要念一遍名称，就让人忍不住想象它的味道如何呢。哪怕是同一种东西，‘巧克力蛋糕’和‘Chocolat① · Classic’的效果就大相径庭呢。小纱，你有没有什么好的想法？”

“我们是‘梅香堂’，那就起花的名字怎么样？红豆馅是我们的招牌商品，所以用梅花。栗子馅当然挑一种黄色的花比较好。波斯菊或者山茶花，既然是用糖水煮栗子做馅料，那就用山茶花吧。鲜奶油是和豆沙混合做馅，带点淡紫色，有点儿西洋风味，这个才用波斯菊。”

“真不错呀，小纱你要是能把这些花儿都画出来，就更好啦。”

“梅花、山茶，还有波斯菊吗？”

我开始构思该怎么设计图案。

“那，来五个波斯菊。”

“什么？”

一听不是老板娘的声音，我回头看去，前田先生就站在身后。想起两天前在车站那件事，我不觉地低下头。

“前天真是不好意思……”

① ショコラ·クラシック，Chocolat是巧克力的法语念法。

既不算道歉，也不算感谢。我依旧低着头，走向柜台另一边。

“五个鲜奶油金锷烧吧？”

“不是呀，是五个波斯菊。”

我刚说出口的提议，就被别人用上了，总觉得很丢脸。我把五个金锷烧放进印有梅花团的粉色小盒中，用金色的丝带系好，装进梅花纹的纸袋中。

鲜奶油，一个一百日元，总计五百日元。

“发票就开公民馆抬头吗？”

“不，用不着。”

公民馆主办的讲演会经常会有准备给讲师的点心订单，我还以为他是过来买这个的呢。

“我听馆长说你在这儿打工，我是来传话的。”

“工作上的事吗？”

“不，是那天和你一起在车站的那个女人。”

“希美子吗？那就算了，我不想听。”

“那可不成。我可是被委托来捎句话的，不说就是我的不对了。”

“那你就当没听到不就行了？”

“可明明是因为你逃跑了。”

他这么一说，我反而说不出话了。

“那，就说给我听听吧。”

老板娘站到了我身边。

“既然谁都不喜欢那句话，那只有说给我来听听啦。”

她拍拍肚子。

“可以的话，请到那边喝杯茶。我代替小纱慢慢听你说吧。”

她把店内的喝茶角指给前田先生看。

“不用了，休息时间就快结束了。”

前天先生取过纸袋，对我说了句“那先告辞”，就走了出去。

小纱那么有教养，也是多亏“梅香堂”的老板娘总是能把那些可疑的男人都赶跑了呢，换句话说，这也是个麻烦。

一直到去年，我都觉得大家是一片好心，直到最近才觉得有些讨厌，因为商店街的人总是这样说。说是可疑的男人，也只是一些号称是小纱粉丝团的人，实际上基本都是商店街的人。有些人只是为了排解无聊才常来开我的玩笑，然后又被老板娘赶跑，他们以此为乐。

“不好意思。”

我对老板娘低下头。

“这个人没见过呢。”

“是公民馆的前田先生。今年四月份才来的，应该不是本地人。”

“我用治商店街那伙人的办法把他赶跑了是不太好，不过刚才小纱你已经落了下风。真的有什么不方便，就让我来听他说，就当我忘记转达给你了。”

老板娘已经看穿了一切。别说传话这件事了，就连五年前的事和最近出了什么事全都一清二楚的吧。不，这个镇上发生的更早的事情恐怕都记得。正因为她知道更多，所以才会这样照顾我吧。

就连我未曾谋面的父亲，老板娘或许都曾经见过。

如果真是这样，好想问一问。

——我爸爸是个怎样的人呢？和浩一像吗？

不过老板娘又不认识浩一。话说回来，为什么我会在初次见面的时候，对他说出那种话呢？

——我好喜欢那个学长啊。

我循着希美子指的方向看去，有五六个人正兴高采烈地玩闹。到底是哪个人呢？我还没有看清楚，希美子就发现了人群中的仓田学长，她拉着体力还没恢复的我，大大咧咧地闯进了他们的小圈子中。

——学长，表扬一下嘛。一年级的女生，全程跑完的只有我和小纱哦。

——辛苦啦，不过，这点程度还不够呢。

仓田学长半开玩笑地吓唬说。不过其他的学长们都交口称赞“了不起”。被表扬了本应该说些感谢之类的话，可我胸口的火烧到了全身，头脑一阵眩晕，刚抬头就对站在我正面的人说了一句话。

——爸爸。

一瞬间，所有人都傻了，接下来就是一阵爆笑。

——浩一，没想到你还藏着这么个私生女啊？

被我叫做爸爸的那个人，被大家围着开玩笑，窘迫地挠了挠头。我这才意识到说出了这么丢脸的话，脑中一片空白，正想要道歉，没想到有人抢先说了一句话。

——那么，从今天开始……怎么说呢，你就负责当纱月的“老爸”啦。

于是乎，那个男生装傻说“大伙儿，这是我女儿纱月，今后还请多多关照”，最后我就被同好会认定为他的女儿了。

——小纱，好狡猾，你是故意的吧。

回到宿舍，我才知道希美子说喜欢的那个人就是浩一。

我不是故意的。浩一不是那种让我喜欢到要故意开他玩笑的人，也没有觉得他和我有多像，更不是普遍的“老爸”形象，何况他一点都不显老，为什么我会叫他一声“爸爸”呢？

当时的我从母亲那里得知的有关父亲的信息只有两条：

脑袋很聪明，又喜欢山。

所以我才对W大学山岳同好会有了一点兴趣，不过那就不止浩一一个人，当场所有的男生应该都符合那个条件。浩一一定是有着其他人不具备的什么特质，于是我整天都想着他。不过在当时，还不能算是恋爱。

希美子也看穿了。

——今天吃你几个金锷烧就饶了你啦。不过，小纱，你别以为自己抢占了先机，其实是重大失败呢。要从女儿升格为恋人，那可是难上加难呢。

当时发生的一切，有关希美子的一切，本应该尘封在脑海里的。

希美子到底对前田先生说了多少呢？这些话本是不可能对初次见面的人说出口的，不过既然是非常时刻，按照她的性格，一口气全说出来也不奇怪。

到了周五，在公民馆自然会见面，但前田先生还特地跑到我打工的地方来，他一定也了解希美子这件事万分紧急。

如果我是前田先生，一定会为扯上这件事而后悔的。反过来，如果他是好奇心足够旺盛的人，说不定还想知道更多详情呢。

如果我肯听他说完，前田先生就和这件事无关了。

“刚换了叫法，就卖掉五个，真不愧是小纱。不过，波斯菊吃下去真的不太好消化呢。”

老板娘一边补足鲜奶油金锷烧，一边说着莫名其妙的话。

我来到公民馆的接待前台，把一袋辣黄瓜递给他。这是我从商店街的蔬菜店买的，黄瓜当然是那边的老板娘腌的，但听说最初是我妈妈提议这样做的。别看她一副老实勤恳的样子，其实她在镇上还是挺有影响力的。

尽管一周只去一次，但这职场我早已熟悉，就算不带什么东西随便来逛逛也没事，不过只有今天，我必须要有到这儿转转的理由。

“刚才真不好意思。连吃五个鲜奶油金锷烧一定会腻，把黄瓜夹在一起吃，一会儿就全下肚了。”

“啊哈哈，我们大家分着吃光啦。”

从前台往里看，包括馆长在内的四个职员都在。

本来就该分着吃嘛。就算没有开发票，也不见得一个人吃嘛。再说他本就是工作的休息时间来买的，用那种纸袋装回去，所有人都会注意到的。三点了，一起吃点心。我的想法一旦变得消极，就连这么明显的情况都没意识到。

“那，就当做茶点，大家一起分着吃吧。”

说完，前田先生小心地接过湿漉漉的保鲜袋，以防身边的文件被沾湿。“辣黄瓜不错。”馆长很高兴。

“我是来听你传话的。”

“就在这儿？”

前田先生回过头。大家就在一旁做着各自的工作，一定会被人听见的。

“在这里不方便说吗？”

“是啊……只能等下班了，一起吃晚饭吧。”

我真希望是能在当场三言两语就说完的消息啊。

“这附近有一家叫‘竹野屋’的餐馆挺好吃的。”

“那家不行。”

我坚决反对，最后决定去车站前的小酒馆。这是馆长推荐的地方。其他职员还以为我要和前田先生约会，纷纷把小镇上少数拿得出手的几家餐厅介绍给我，这家的酒好喝，那家的气氛好，实际上哪家都无所谓。

只要不是母亲工作的“竹野屋”就行。

可能去的时间比较早，车站前大楼二层的那家小酒馆里，只有我和前田先生两人。店里有吧台和餐桌，我们坐在最靠里的餐桌旁，旁边点缀着一束淡紫色的波斯菊。

“今天真是和波斯菊有缘。”

前田先生很愉快地说。如果他来梅香堂的时候我就好好听他说完，也不用这么大费周章了，真觉得有些对不起他。

“具体的意思我有些不太懂，我怕忘记就让她写了下来。”

点了啤酒和几道菜之后，前田先生从衬衣口袋里取出香烟，顺带掏出了记事本的一页，递给我。

如果不是我来拜托的话，小纱你一定一口就答应了。可是现在只有我能来求你，小纱你怎么也不可能答应的。虽然事实上没什么不同，就理解成小纱你帮助了仓田前辈，而仓田前辈又帮助了浩一吧。

这就是希美子的留言，很明显这不是急忙之中想出来的话，这是以我会拒绝她为前提，事先准备好的留言吧。外人是无法理解的，但是我却明明白白，明白到心痛。

可是，既然写在纸上了，就算不到这种地方来，也能直接交给我呀。

“她还说什么了吗？”

“‘请转交给小纱’，她只说了这一句，‘已经没时间了，拜托了’。当然这句话不是和我道别。”

“这一定是对我说的。给你添麻烦了，真对不起。”

似乎像预先准备好的一样，我们刚谈完正事，菜就上桌了。我们开始吃饭，却没什么好谈的。直到这时我才反应过来，前田先生只是偶然路过而已，还不是那种无话不谈的朋友。

“你喜欢山吗？”

“学生时代参加过山岳部。”

“我也是。不过我是短大，没爬几次，回老家之后就完全没爬过了。”

没过多久，我和前田先生聊起了登山的话题。大学山岳部的集训，基本上都会挑那几条相似的路线。我去过的地方，前田先生也都去过。纵向攀登八岳、枪岳、穗高、剑岳……我总觉得我再也不会去登山了，谈起这些的时候心怀依恋。后来，也谈到了那种花。

“现在到哪儿都见不到驹草了呢。”

驹草的花期是七八月份，现在都九月底了，已经见不到了。

“为什么这个时候要提驹草？”

“同好会有个学长，是个很像驹草的人。虽然是个小个子，不过很机灵，又聪明又温柔……”

要把仓田学长比做花，只有高山植物的女王——驹草。

小纱，太累的时候你也可以说出来呀。如果今后进了山，那还真是不说不行呀。

仓田学长对我说这句话，刚好是我进同好会满一个月的时候。

我生在单亲家庭，从小身边就少不了这样的声音：有什么事都能来找我谈，我一定会帮你的。商店街的人也是，学校的老师也是。他们对母亲说的话也大同小异。

可是，我从来没有见过母亲找谁谈心，也没见过她有求于人。小学低年级的时候，有一次母亲发烧卧床。正当我要跑去叫人的时候，她却让我别去，说她一个人也没问题。

——妈妈一个人没问题的。万一我昏睡的时候总有人来帮助，身体对这有了记忆，今后一辈子都起不来了。

听了这句话，我也意识到自己不能依赖他人。我总是告诉自己，只要一次有求于人，一辈子都无法独立生存下去。我一个人没有做不成的事。哪怕很勉强，只要努力克服第一次，今后遇到同样的状况，也能够从容应对。

仓田学长对我这么温柔，我尽管很开心，但依然把这句话当做平常一样看待。但这次不一样。

——那么，从今往后，我们一天一请求吧。每天一次，互相之间不管是多么无聊的事情，都要拜托对方做一件事。

——不可思议的提议。小纱你太狡猾啦，一直在旁边偷听我们说话的希美子说。

——那，希美子你也来参加好啦。拜托别人一天只能一次，如果没能做到，到时候给那个人的惩罚就是必须去拜托同好会其他学长做一件事，好吧。

就这样，我们三人开始了一天一请求，在日常生活中，还挺沉闷的。但是一进山，我们就因此配合步调，互相分担的行李也能交换到更轻的，他们都尽量让我更轻松。我到最后还能坚持，几乎都是靠精神在支撑。暑假的八岳纵行集训能顺利完成，恐怕多亏了一天一请求。回到宿舍，我躺在床上整整两天，对此感触足够深切。

“不知为什么，我们总是会错过驹草。不过，第一次见到驹草，是纵向登八岳的时候，在硫黄岳的山顶附近不是会开很多花嘛，那真是感动极了。我想把它们画下来，就盯着看了好久，总觉得就像仓田学长一样，我直接告诉了学长。于是他说，那真是光荣。他的笑容真的仿佛女王的微笑一样美好。”

谈着根本未曾谋面的人，前田先生却一点都不显得无聊，认真地听我说。

“一天一请求，现在还继续吗？”

“完全不了，因为我把被拜托的事情拒绝了。”

“这回的事，找仓田学长谈谈心怎么样？”

“已经不可能了。”

我告诉他真的好吗？

“……他已经不在这个世上了。”

“那么，受着同样痛苦的那个人呢？”

我不说话，低下了头，我害怕提到他。

“当时我真的打算拒绝的。可是思考了一晚之后，也明白自己做的事情很可怕。不过，仅仅一晚上，我也下不了决心。因为只要帮助他，就是对另一个人的背叛。”

“那个人就是浩一？”

“你听得还真仔细。就像希美子在留言中所说的，不要当做帮助浩一，想成是在帮助仓田学长可能就行了。不过，仓田学长已经不在世上了。如果能再一次见到驹草就好了，我也曾经这么想过，只要没遇到魔法师，估计就不可能了。我这人完全不信这种东西的。”

“去植物园可以吗？”

“不行，就算都是花，但已经算是别的东西了。必须是山上的。”

前田先生架起胳膊沉默了很久。不过我又不是要求前田先生给我准备些驹草。

“那就，去一次吧。”

“哪里？”

“八岳……目标是南八和赤岳。”

“去干吗？”

“当然是去看驹草了。”

“没用的啦。现在不可能开花的。”

“不，一定有。这周末你准备干什么吗？我有空。”

“我没什么安排，前田先生要和我一起去吗？”

“你好久没上山了，有空白期，一个人太危险。”

“不过，你没有理由陪我一起去呀。”

“帮人帮到底嘛。就当是登山旅行团只有两个参与者好了。或者说，一天一请求，拜托你这周末陪我上山。”

我无言以对。正在此时，店门打开了，一个开花店的，一个开肉店的，粉丝团的两位进了酒馆。“小纱竟然和男人在喝酒。”他们两个很夸张地倒在吧台上，点了“烧酒一壶”。

情况这么乱，看来是不能聊下去了。不过，我为什么要全都告诉这个人呢？

第三章

✿ 花，前夜

穿过金合欢商店街，我来到了“山本鲜花店”。我是来取花的。

昨晚，健太打来电话。

——来了来了来了……

我问的话他一概不回答，不过看他的口气那么兴奋，我就懂了。

——骗人骗人骗人的吧……

我握着话筒的手颤抖起来。健太兴高采烈地告诉我对方送来了花和留言。花送到了外婆那儿，而留言是寄给我的。

信刚寄出五天而已，没想到收到回应能比预想的快那么多，不，照理来说被对方无视也不奇怪。回信的事让我喜出望外。

——谢谢，真的谢谢。

我换单手握电话，点了好几次头。

——要谢我的话，还是等见了K再说怎么样？留言也基本是这种内容。我现在就送来给你吗？

后来我决定在去医院前先去花店取花，留言的内容就直接让健太念给我听了。因为是用电脑发来的留言，本来就会让健太印成卡片的，所以电话里直接问他也没什么问题。

——九月二十×日，星期天，上午十时，在H大酒店一楼，咖啡酒廊“金合欢”等着你。K。

健太得意地把口气假装成远房叔叔的来信一样，用译制片配音那种干涩的嗓音念给我听。经常唱老歌倒是把他的嗓音练得很漂亮。在我的印象中，K一直是那种风流绅士的形象，不过既然连健太都能装出这种嗓音，我明白了嗓音和外表不见得会完全一致。

能见到K了。

走进店里，只见健太正给插好的花篮挂上编好的丝带。淡黄色的蔷薇与鲜橙色的非洲菊在浓厚的绿叶陪衬下，释放出一股向日葵般的温暖。

“还剩包装，一下就好，你稍微等一下。”

健太一边说着，一边展开透明的玻璃纸。

“那是，给我的吗？”

“是啊，有什么意见吗？”

“没有啦，特别可爱。不过，这种样式给外婆真的合适吗？”

“那就是你的成见了。比起那些让人心烦的花，老人们肯定更加喜欢可爱一点的。再说，这次是对方指定要看望病人用的花。黄色和橙色都被称为维他命色，还有让低落的情绪变得开朗的效果呢。”

“对方指定……K这次指定了送花的目的吗？以前不是从来都随便送的吗？”

“探望病人、悼念死者这些场合送花有不少讲究呢。随便乱配到时候送去不合时宜就糟了。”

“原来如此。这束花比以前小多了，多少钱？”

“这种问题就别问啦。五千日元。平常探望病人差不多合适的价钱，不，还算挺大方的。总之，这次对方的目的和梨花你是相同的。花只能算是附加的，真正想送到你手上的是留言吧。”

“留言呢？”

“我只是顺手打印了一份，没用卡片没关系吧？”

健太从收银机旁的文件堆里抽出一张B5纸，递给我。和电话里听到的那些完全一样。虽然不是手写体，不过却有一种从K那儿获得回复的真实感涌上心头。

“你笑个什么劲儿呀。明天就要见面了吧。虽然说是有回你的信，但竟然一开始就注明了见面时间，简直是独断专行。要是你有什么急事，又该怎么办呢？”

“我反正有空啦。他一看我的信就知道我急着等他了。K一定很忙，大概只有明天才能抽出空来吧？”

“说的也是。毕竟他还要专程赶到我们这儿来。”

H大酒店就在离外婆住的医院最近的那个车站对面，也算是这一带最大的酒店，我父母的订婚宴就是在那里举行的。难道K也知道吗？

认为妈妈是“最亲爱的人”，还不断送花来的人，到底会是个怎样的人呢？对于我这个女儿，对方也会有所期待吗？虽说不能相似到一个模子里刻出来的程度，也不见得和妈妈一点都不像吧。万一他远远地望见我，觉得很失望，偷偷回家的话就完蛋了。

“该怎么办？该穿什么衣服过去？穿牛仔裤可以吗？头发也已经超过三个月没有剪了，还是去一趟美容院吧……可是，一花钱就心疼。”

“说什么美容院呢，该去的是医院啦。啊啊，自寻烦恼。管你是牛仔裤还是运动衫，你穿什么去见面和K完全没关系啦。比起这个，你还是赶快拿着花去见外婆一面吧。检查结果肯定出来了。”

我低着头，一个白色素净的大纸袋塞到我的面前，黄色和橙色立刻跃入了我的视野。尽管心中满是不安，我见到这束花儿还是有了一些精神。

进入病房，只见外婆卧在病床上，心不在焉地盯着窗外。电视机没有开。她不知在想些什么，似乎连我来到病房都没有注意到。

“外婆。”

我走到窗旁，轻轻地说话，尽量不惊吓到她。

“啊呀，梨花。你这么忙还来看我。”

外婆只是转过头来，望着我微笑了。看上去，公司的事儿她还不知道。说不定，她只是知道我在做英语口语讲师，根本没有记住我是在“JAVA”这个公司工作的呢。平时外婆至少会直起身子来，而今天她依然躺着，按了一下手柄的按钮，抬起了病床的上半部分。难道身体很不舒服，连自己坐起来的力气都没有了吗?

“身体怎么样?太吃力的话就别把床抬起来啦。”

“没事的。”

不管是真的胃痛，还是因为药的副作用不太舒服，就算连身体虚弱到爬不起来，外婆还是会那样回答我的吧。身体的情况，和她的主治医生了解一下就明白了。外婆既然表示自己精神不错，我就一定要以三倍的活力回应她才是。

“我带花来啦，今天的花可不得了。”

我清空病床一旁的桌子，从纸袋中取出花来，放在正中央。

“啊呀，真漂亮，好像太阳。”

外婆眯着眼睛，欢喜地盯着花儿看。同房的病友们陆续病愈出院，令人不快的病房中仿佛忽然有了光彩。

“是谁送的呀？”

“山本鲜花店送的。”

“啊呀，是那么贵的花呀？”

“因为最近我常到他们店里帮忙……”

外婆倚靠在病床上，伸出手去，想要从储物抽屉里拿出什么给我。

“外婆，不用啦。我会好好记录的。”

她想要拿出来的是记录探望人名单的笔记本。什么时候来的，收了什么礼物，外婆都会一丝不苟地记录下来。

“不过我先给这儿换点水哦。”

我取过装着龙胆花和土耳其桔梗的花瓶，离开了病房。尽管几朵花有点蔫了，还有一半依旧开得很漂亮。

我怎么就没想到外婆会问是谁送的呢？

小时候，母亲常教导我，受了他人的恩惠一定要告诉大人。当时，“梅香堂”的老板娘给了我金锷烧，我却把这事儿忘得一干二净，后来被母亲知道了，斥责我“和你讲过多少遍了！”。外婆袒护我说：“用不着这么生气啦。”可母亲回了一句：“教导我应该这样的，不就是妈妈您吗？真是的，对外孙女就这么溺爱。”结果连外婆都跟着被责备了。

如今我这个女儿长这么大，却毫无长进，母亲在天上也要长叹一声吧。

我随便糊弄过去了，说实话，告诉她是K送来的花会不会更好呢？

万一，外婆真知道K是谁，收到花，她一定会让我去向K道谢的。但母亲做到了吗？每年，她如同理所当然一般，收下如此豪华的花束，有没有好好致谢过呢？我母亲这样的人，竟然会随手收下不管不顾，我真是难以想象。就连外婆也是一样。母亲死后，花送到我家，就算我不在意，外婆至少也应该考虑过写一封谢函吧。

还是实话实说告诉她就是K送的吧。可是，外婆可能又会问，为什么K知道我生病了？就说健太偷偷告密的好了。一年一度送来花束的时间就是下个月，订单来得早了一些，于是健太随手发邮件询问了一下要不要准备成看望病人用的花束，这么说的话，外婆一定也能接受。

要是被健太知道，他一定会发火的。不过他竟然把写着K的情报的贵重传票给丢了，这点程度的定罪肯定没关

系的。

我捧着花瓶回到病房，装饰在窗台上。外婆一脸安详地看着花朵。尽管看上去有点扫墓的感觉，但外婆似乎更喜欢这次的花。

我展开折叠椅，坐在床边。

“橙色和黄色好像说是会让身体恢复元气的维他命色呢，是健太想到了才做成这个配色的，不过，实际上是K送来的。”

听到这句话，外婆微微地蹙眉。

“就是每年都送花来的那个K吗？”

“是啊。今年来订单的时候，健太顺便发了封邮件去问是不是探病用，结果就这样了。好像是必须向客户确认的项目。”

“那可真是费心了呢。”

“该不该谢谢K呢？这次只是祝您病愈，下个月大概还是会送来一大束花吧。我到现在才发觉，每年我们都收那么贵的花，从来都不写谢函真的没关系吗？还是说，外婆您已经写过了？如果是这样，今年就让我来写吧，如果您知道他的地址……”

“用不着。”

外婆温和地打断了我的话。

“谢函之类的从来都没有送过呢。”

“可是，外婆和妈妈一样，都是在这种事情上格外上心的人呀。”

“K寄来的花，不是什么礼物，而是表示感谢之情的。所以说，我们不用多事，收下来就是了。”

“外婆你其实知道K到底是谁吧？”

“不知道呀。”

“她也应该不知道。”

“可是有一次，我看见留言卡上写着‘给我爱的人’呢。”

我撒谎了。不过，K让健太伯父传达出“给我爱的人”是事实。给完全不认识自己的人送去那种留言是不可能的。又不是什么狂热追星族。难道说，母亲也曾经从事过那方面的职业吗？她只是个喜爱旅行和绘画的专职主妇而已，结婚前……不，就算有过，也至少会听别人提到的。就算她本人不肯说，商店街的人也一定会告诉我的。能算得上偶像程度的，也仅仅是“金合欢小姐”这回事。

“会不会是山本先生搞的鬼呢？他从前就嬉皮笑脸的。”

“大叔再爱开玩笑，也会把私事和工作分开的啦。”

因为我，连大叔都被怀疑，真是太对不住他了。

“说得也是。不过，我是真的不认识呀。没想到梨花你一直都对K这么在意，他送花来的理由，要是那孩子还活着的话，你能问个清楚就好啦。如果明生还活着，那孩子去的时候说不定还会告诉我们，不过他们是一起走的，实在是没办法呢。”

母亲虽然不清楚K的真面目，却知道送花来的理由，连父亲也知道。可这明明是“送给我爱的人”。

“那孩子大概只是做了什么好事，让K每年都送来那么多花吧。既然她也一声不响地接受了，我们也和她一样做不就行了吗？”

外婆深深叹了一口气。她的身体已经比平常虚弱了，结果还让她说了那么多话。我也只不过绕着圈子想打探一些有关K的信息。不过既然明天就能见到K了，就不要再对外婆问这问那了吧。

“我们不谈K的事啦。只是这次花都送到外婆这儿了，有些在意而已。对了，我得去见一下医生。前天检查的结果，还有手术的事情，可能要花不少时间，您就好好睡一觉吧。”

我把花篮放到窗台的花瓶旁边，整理了一下桌子，用移动按钮把床调节回水平状态，铺好被子。

“我回来的时候要是您睡着了，我就不吵醒您，直接回家啦。明天我还会来的。”

“不用这么操心呀，梨花你也要好好休息。还有，能不能把K送来的花搬到护理站去呀？难得有花让人这么精神，能让大家都看看才好呢。”

外婆这么一说，我就捧着花出了病房。与其说是让大家都看看，实际上还是因为这样亮色的花朵，对于老人来说可能还是过分鲜艳了。下次有意无意地给健太提点建议好了。

前天，外婆接受了手术可行性的身体检查。不过，就算能动手术，到时候肯定是要开刀的，时间拖得长就要接近半天左右，对身体也是相当大的负担。如果没法承受，就放弃手术，只能通过抗癌剂或者其他手段来进行保守治疗。或者说，只能通过药物把她的痛苦减少到最低限度，静静地等待那天的到来。

原来还有这种检查，我是两天前才知道的，之前一直都只为钱担心。金钱上的烦恼，毕竟没有什么大不了的。要是不能动手术，那今后该怎么办？一般来说，在这种情况下，医生都会建议全家一起商量。可是像我这样的，只能一个人决定。我承受不了。

检查的结果出来了，外婆是可以接受手术的。

真是谢谢了，我说着，把维他命色的花篮送给了值班的护士。

明天就把手术定下来的事告诉K吧。一周后，下周末。

我恨不得赶快跳到那一天，当我怀着急切的心情回到病房时，看见外婆的病床旁站着一位来访者。

外婆已经熟睡，那人站着，静静地注视着她的脸。他什么时候来的呢？我本该走进去跟他打声招呼的，门开着，我却悄悄躲在门边，因为那是一个我从未见过的男人。探病名单里只写着几个人的名字，基本都是镇上的人，除了一个男的之外全都是女性。而唯一的那个男人还是“梅香堂”的老板。眼下这个男人到底是谁呢？

在住院之前，外婆也从来没有招待过男性客人。

他的年龄大概和外婆差不多吧。虽说现在刚过秋分，但天气依然炎热，可那人穿着一身很讲究的夹克衫，纽扣也扣得整整齐齐。穿得如此正式来探病，看来不可能是这附近的人。是远道而来的吗？

可是，知道外婆住院的只有很少一部分人，而且也仅限镇上的人。我的爷爷奶奶早在我上小学的时候就过世了，所以那边没什么攀得上亲戚的人，也没有特地去通知过谁住院这件事。

难道，他就是K？如果是K，他一定既知道外婆正在住院，又知道她在哪家医院。我们约好见面的时间是明天上午十点。今天这个时候来到这里也不奇怪。

“那个，您是我外婆的熟人吗？”

我靠近他的背后，诚惶诚恐地发问。

“是的。以前曾受她的照顾。”

那个男人惊讶地转过身子，样子看上去比我更紧张。他的嗓音听起来相当沙哑。这个男人就是K吗？

“不好意思。好不容易来一趟，外婆却睡着了。我试试看能不能叫醒她。”

“不，不用了。我明天还会过来。”

“真是不好意思。好不容易有人能来探望，自己却睡着了，我想外婆知道了也会过意不去的。”

“请不用担心，我就投宿在车站前的H大酒店。”

和K约见的地方。如此明显的暗示，难道是在试探我吗？要是明天去了酒店，还要再腆着脸说昨天见过面了吗？为了不至于失礼，我到底该怎么办呢？

“那么，您贵姓？我会告诉外婆的。”

“这样的话，她就会知道睡着时我来过了，反而更添麻烦。可以的话，这些花也请装饰到其他地方。明天我会带新的来。”

那个男人把一直放在脚边的纯白色纸袋递给我。我看了看里面，是白色、淡紫和深紫三色混合的波斯菊。

“那个，这……”

这不就是我送您的花吗？我欲言又止。他正了正夹克衫衣领，向熟睡的外婆施了一礼，离开了病房。

我该不该追上去呢？不过，如果他是K的话，明天就能见面。就算他只是外婆的熟人，我也不认识他，既然说过明天还会再来，也就没有再问下去的必要了。

他注视外婆的目光，不是那种初次见面的目光。

如果他是K，那么外婆就一定认识K。他不大可能只是挑外婆睡觉的时机来探望，外婆应该也认识那个人吧。既然这样，那外婆为什么又要骗我说不认识K呢？

“给我爱的人”是说那个人爱我的母亲吗？那样的话，年纪相差也太大了。他们都能做父女了。给亲爱的女儿？不对……我现在一定是突然变得太闲，看太多日间电视剧了。外婆每天都不忘给佛龛上一炷香，这样的外婆，怎么可能和别的男人有奇怪的关系呢。

胡思乱想也没用，到明天一切就水落石出了。

外婆睡得很香，她均匀的呼吸也算是一种安慰。

“明天我还会过来”，我写了一张纸条，然后提起装着波斯菊的纸袋，出了病房。

“多半，是不同的吧。”

健太盯着那束波斯菊说。我想让健太确认一下在医院拿到的花，是不是和我寄给K的那种一样，于是回家时顺便绕到了“山本鲜花店”。

“梨花你虽然说要波斯菊，可订单上面可是写着以波斯菊为主的搭配，配上一些其他的花，好看上去豪华一点，这不是你自己说的嘛。不过，这里面可只有波斯菊呢。外婆她很喜欢波斯菊吗？”

“应该不讨厌吧。”

“我还真不知道。”

“比起紫色的土耳其桔梗，她好像更喜欢蓝色的龙胆花。”

我夸张地大声叹息，不过还是没能把维他命色的花对于老年人太过刺眼这件事说出口。毕竟健太做这行也是有自尊的。回家时，我来到护理站前的通道，把花篮装饰在前台的一端，来来往往的人们，似乎表情都忽然明亮起来。

“就算我在送给他的花上做了记号，他也不见得做出探病时直接转送这种丢脸的事。不会是其他人吗？”

“可是，他知道外婆就在H医大附属医院住院，还说自己就投宿在H大酒店呢。”

“那么，假设那家伙就是K，他和外婆到底是什么关系呢？他看外婆的时候是怎样的眼神呢？”

“就静静地盯着看，总觉得有一点寂寞的感觉。我去搭话他还吓了一跳，又盯着我的脸不停地看，有一种大公司高层的气场，说话也特别有礼貌，总感觉郑重其事。”

“难道说，外婆的老伴还活着……”

“住嘴。佛龛上好好地供着我外公的牌位和照片呢。不过，那一瞬间我也想到了这回事。冷静下来一想，那张脸和照片上的外公还真的挺像的，和妈妈也有点像。总之不是这方面的问题啦。”

“不管怎样，明天问题就全都解决了。外婆想参加的那个拍卖，有没有好好问清楚？”

“……啊。”

“你也真是的，回家还是好好把明天该对K说的话全都写在纸上吧。你又不是去闲扯的。要不然，我陪你去吧？”

“不用，没问题的。不过，还是在纸上写一遍的好。”

正巧店里没人，我直接取出了记事本。公司倒闭以来，我基本上都没有用过。

和家母有何种关系——

“外婆的手术费用才该更优先吧？”

“对啊。对对，先说外婆已经可以正常接受手术了，体力还不错。但有可能这是唯一的机会了。”

我把自己问到的消息说给健太听后，心中绷紧的那根弦仿佛忽然放松下来，不禁鼻头一酸。

“都说没问题的啦。”

“说得对。肯定能行的。对了，我现在准备带着这些花去扫墓，要求爸爸妈妈，还有外公都来保佑外婆呢。”

我把写到一半的记事本合上，连忙出了店。

哭不能解决任何问题。从前遇到一点点小事我就会哭鼻子，母亲总是这么说。可是，如果面前能有人让我毫无顾虑地痛哭一场，那是多么幸福的一件事啊。

可是，在手术成功之前，我绝对不能哭。就在现在，我下了决心。

穿过商店街，我向与我家反方向的寺庙走去。盂兰盆之后我还没有扫过墓。公司和手术两件事让我焦头烂额，就连秋分都完全忘了。我在寺庙旁的杂货店买了线香，装满一桶水，前往我家的墓地……

来到墓地，却只见几炷飘着轻烟的线香和装满波斯菊的花瓶，仿佛正静静地迎接我的到来。

✿ 雪，前夜

和弥从事务所下班回家，一起吃晚饭的时候，忽然问我，周末要不要一起开车出去兜兜风。我们家还没有自备汽车，要借用事务所的车子。和弥愉快的口气让我一下子兴奋起来。实际上，我一次都没有坐车出去兜风过。当然，汽车我还是坐过的，但也仅仅是作为交通工具。而坐车兜风，享受的不知是坐车时的爽快，还是到达目的地时的愉悦，我还不太懂。

“做些便当带去吧？”

不知为什么，我的脑海中浮现出野餐的画面，就有了这个提议。

“不错啊。那准备三人份的，不，他特别能吃，能准备四人份的吗？”

“他是？”

“事务员森山君。对了，就是前几天，送波斯菊给我们那家的儿子啦。”

我还以为只有我们两人去，原来还要和公司的人一起出行。

“是工作上的事的话，我留在家里也没关系呀。”

“不用，你也一起去吧。森山君知道好几个和香西路夫有关系的地方，我只是请他给我带路。”

“啊呀，这样的话，也能让他带我们去雨降溪谷吗？”

“你说的是御笠溪谷吧？”

“果然还是有个正式名称呢。我之前就觉得很奇怪。可是‘梅香堂’的老板和老板娘都说雨降溪谷从来都只叫这个名称呢。”

“为什么你要问这种问题？”

“其实……”

我承认自己也稍稍调查了一下有关香西路夫的信息。我只是觉得可以给和弥带来些设计灵感，没有什么别的想法。和弥要挑战的那个目标，哪怕只有一点点，我也希望能和他共同努力。

香西路夫那么有名的画家，不论问谁，总会知道一些情况吧，我对此满心期待。可是，当我去金合欢商店街买东西的时候，问起店主“这小镇是不是和香西路夫有什么渊源”的时候，大家的反应都是“好像是听说过有这回事，可我也不太清楚”。关于香西路夫，人们基本上都知道他是个画家，却又不知道他到底画了什么作品。

和舅妈一起参观的那次香西路夫展，尽管开在工作日，依然人满为患。曾经得过大奖的几幅画根本别想靠近，就算要买些周边商品，也至少要排队半小时。舅妈买了一本收集了香西路夫代表作的画册，我买了一份明信片套装。

话到兴头上，我还特地拿了明信片套装给他们看，“梅香堂”的老板夫妇看过之后，很不客气地发表了感想：“原来如此，都画这种东西吗？不过我可看不出这有什么好的。”我只能一一说明：“这是前期的‘蓝时代’，这是后期的‘绯时代’，在这中间的，都说是在这一带画的……”

在那之中，我唯一的发现，也就是那幅我最喜爱的画，看上去特别像是在雨降溪谷画的。在那么多抽象的画作中，那是唯一一幅能让人理解画了什么的画吧。看见这幅画时，人们都像是松了一口气。

——什么嘛，明明就会画风景画嘛。这幅就挺漂亮的。

——啊呀，这不就是雨降溪谷吗？

——真的。就是从雨降溪谷的狮子岩眺望御笠山的地方啊。突然想起以前这附近有一间小屋，爸爸好几次带我到这里送货，难道说就是那个画家的房子吗？

——那，我们不就成了大画家香西路夫御用点心店了？啊呀，真厉害。用来做广告吧。

接下来我们谈到的尽是“香西路夫喜欢‘梅香堂’的什么点心”啦，“有没有亲自来过店里”啦。“这可是个好点子。”结果他们还给了我几个金锷烧来感谢我。

“不过我说句不好听的，乡下人中间，恐怕没几个会对艺术感兴趣的。去参观个展的，也就只有像舅妈那么有闲又有钱的人了。”

“说的是。森山君他似乎也知道一些，不过问到其他人，一律都反问我香西路夫是谁呢。市政府那方面，他们只想在本地造一些设施，能冠上艺术家之名，能吸引全国游客就好。不过我觉得，如果不能让镇上的人理解，不能亲近他们，就算不上成功。”

“和弥你考虑得真周到。我还请舅妈把那次买的画册借给我看，不知是不是太多管闲事了？”

“没这回事。我在政府办公室的乡土资料室查过，查到你说喜欢的那幅画确实画的是雨降溪谷，不过我根本不知道那里又叫雨降溪谷，也不知道是从哪个方位画的，更加没想到香西路夫竟然吃过‘梅香堂’的点心，简直就像天才画家就在我们身边一样，让我倍感亲切呢。”

“那么，我也算是帮上了一点忙？”

“才不是一点点。能来到香西路夫绘画的地方，感受他当时的心情，本来含糊的印象，也会变得形象化。”

我撤下空盘子，准备了热茶和金锷烧。

能鼓起勇气去问问商店街的大家，真是太好了。

和弥托我明天去买便当的食材时，顺便绕到“梅香堂”去买一些香西路夫喜欢吃的点心来，不过我猜多半是金锷烧吧。

这是个晴朗的秋日，和弥、我，还有森山清志君三人一起驾车外出。森山君负责带路和驾驶，我坐副座，和弥坐在后座。森山君和妈妈一样，既开朗又直爽，一边开车一边和我们谈起小镇和自己家的事，有说有笑的。

森山君从商业高中毕业后，就一直从事本地建筑公司的现场工作。和弥在事务所招人那阵子，问建筑公司的主任，有没有谁合适，于是对方就把森山君介绍给了他。看他单薄的身材就知道，比起现场工作，他还是做事务性的工作更加合适。

“能被事务所采用真是太开心了。虽然在现场干得也挺不错的，不过能接触到建筑的纸面设计这个阶段，总觉得很帅啊。我也要好好学，今后争取也能搞设计。啊，不，干事务工作也很有意义的，也能把高中学的东西利用起来。”

他爽朗地谈起自己的梦想，沉浸其中，忽然察觉到我们，慌张地说了句“不好意思”。看见他的表情都映在玻璃上，和弥笑了。

“森山君手很巧，脑袋也聪明。好好学，朝自己的目标努力就好。才二十岁嘛。”

“真的吗？我的梦想就是从头开始打造我自己的家。现在我和妹妹挤在一间六张榻榻米大小的屋子里，还要用书橱隔开睡觉。她每天都催我赶快结婚，赶紧搬出去呢。”

“你不继承房子吗？”

“我妹妹可是打定主意要待在家里了。真是伤脑筋。”

森山君聊起了小他三岁的妹妹，半夜大声唱歌啦，特别能吃啦，还有一点都不爱学习，总是发牢骚啦，等等。我是独生女，听了他的话反而有些羡慕。最近，我和母亲都不怎么联系了，既然这样，就给她写封信吧。

出发刚好一小时后，我们到了御笠溪谷，也就是雨降溪谷。在我们家周围还不怎么能见到红叶，不过在海拔2200米的御笠山顶峰附近，已经有八成都染上了红色。山谷就好似沿着垂直方向被深深地剜去一大块，河川两岸都耸立着各式各样的岩石，一块块都好似雄伟的天然雕塑。

在连绵的雕塑尽头，万里无云的蓝天延展开去。

“这么晴朗的地方，为什么还会被称作雨降溪谷呢？”

“那是因为你们两个，要不他晴男[1]，要不你就是晴女啦。平时就算镇上是大晴天，这边也基本上都在下雨。我在上学的时候来过这里好几次，全都是下雨，真是太倒霉了。”

“是吗？不过下雨也别有一番风情嘛，别老是想倒霉不倒霉的。”

“太太您真是好兴致呀。”

森山君这么一说，我心情也大好，就提议说，干脆先吃午饭吧。我发现森山君的肚子从刚才就开始咕咕叫个不停了。我问他这附近有没有什么地方适合铺开垫子吃便当，他说狮子岩那一片不错，于是给我们带路。

狮子岩，顾名思义，看上去就像一只冲着天空怒吼的狮子的侧脸。在岩石前的平地上，我们把从家里带来的坐垫铺在地上，打开饭盒。卷寿司、荷包寿司，还有煎鸡蛋，我按照和弥叮嘱的，准备了四人份的菜量。森山不停地说“好吃好吃”，一转眼就全都下肚了。真不知道他那么瘦的身子，吃下去的都藏到哪儿去了。

“比我想象的更像一只狮子嘛。”

和弥抬头望着狮子岩说。

① 晴男、晴女，日语中指只要出门就常是晴天的人。

“高野先生，你是怎么知道狮子岩的呢？”

“因为美雪喜欢的那幅香西路夫的画，画的就是从狮子岩眺望御笠山的景色啊。”

“‘未明之月’吧。”

就像在上课时，老师提到了拿手的问题一样，森山君的脸色忽然一亮，与金合欢商业街那群人的反应截然不同。

“森山君，你知道吗？”

“几年前，我和奶奶一起去香西路夫展的时候看过。当时我身子很弱，还以为是奖励我难得出去玩一回，但不知为什么，我们是瞒着家里人的，当时两人专程到了那么远的T市百货公司呢。”

“大概和我去的是同一次。森山君就是从那时开始对香西路夫有了兴趣吗？”

“不，完全不是。当时我对奶奶说，这根本看不出哪里好嘛。可她生气地教导我说，不要只凭眼前可见的程度来判断，要试着想象一下作者的思绪在哪里。尤其是他的前期，根本就不是一个能够随心所欲表达的时代。我想，他画的到底是什么东西根本就扭曲得分辨不清，他不就无法表达自己想画什么了吗？那么把这些扭曲的部分拿走会怎样呢？莫名其妙地，仿佛突然开窍一样，我竟然可以依稀看见乡村的美丽风景。我感觉到那些画是在表达一切都被焚烧殆尽的愤慨。可是，按照这个道理，他在后期就没有画得那么扭曲的了。我想，说不定他是在享受自己的绘画呢，是‘把我的珍藏都给你们瞧瞧’这样的想法吧。”

这样的说法我从来没有听说过，却有着难以言传的说服力，我听得目瞪口呆。何况，说出这番话的不是什么美术评论家，而是一个比我年轻的男孩子。

“森山君，你太了不起了。”

和弥打心底佩服地说。森山不好意思地笑了。

“搞得好像是我一个人就领悟得这么深了，其实，这都是靠奶奶一路诱导才懂的。‘你看，这是晚霞吧’或者‘看上去像不像母亲抱着吃奶的婴儿’，经过她的提示，我才渐渐地理解了那种色与形的法则，这才可以模糊地认出画上大致表达了什么内容。”

“你奶奶，难道做过什么和绘画有关的工作吗？”

“哪有。她对其他画家好像完全没兴趣。”

“那她可是相当喜欢香西路夫的画呢。要是她知道附近就要建美术馆了，一定高兴坏了。”

“其实，在那次看过画之后，第二个月，她就去世了。大概是她冥冥之中有了这样的预感，才硬要去一趟T市的吧。”

“啊呀，不好意思。”

“没关系。就算她人已经不在了，但她知道镇上要建香西路夫美术馆一定会特别高兴的。要是她知道我也算是有所贡献，她一定会觉得那天偷偷带我去看画算是值回票价了，特别开心吧。您要参加那个比赛吧。”

“就是为此才拜托森山君今天为我们带路呢。”

“请你一定要拿下。”

和弥眼神一亮，来到森山君面前，向他伸出了手。森山君诚惶诚恐地伸出手来，与和弥紧紧地握在一起。男人之间结下坚强羁绊的那一瞬间，我既感到嫉妒，又觉得无比可靠，我静静地注视了许久。

我们照着明信片上的画，来到同“未明之月”相同视野的那个地点，朝御笠山眺望。

我们觉得在这附近有好几处都可能是绘画的地点。传说香西路夫的草庵就在溪谷的入口，那里散乱地开着一些波斯菊。按照和弥调查的信息，传说香西路夫离开这个小镇时，自已烧毁了草庵，在灰烬上撒了不少波斯菊种子。这一带的景色也尤其漂亮。

“香西路夫为什么只有‘未明之月’一幅画是完全写实的呢？”

“按照评论家的说法，当时社会舆论认为他只会画一些抽象的东西来哗众取宠，这幅作品是他对那种论调的反驳。可刚才听了森山君的一番话，我觉得并非如此呢。”

“是啊。森山君的奶奶说得好，我们所见到的表象，和作者心中所构思的形象，并不见得是相同的。而他画这幅画的时候，也许只是这二者正巧达到了一致。”

“我也这么觉得。”

说得好像头头是道，我不禁害羞起来，但得到了和弥的认同，我又觉得自己是说对了，冒出了几分自信。“你们说什么呢？”森山君说道。仔细一看，他正一脸愉快地抬头望着澄澈的天空。

“对了，我们在这儿吃金锷烧吧。说不定能尝到和香西路夫一样的感觉呢。”

我问过老板，送货给香西路夫的点心，果然就是金锷烧。

回家之后，和弥吃完晚饭，就一直窝在客厅。倒不如说我一直窝在厨房。我们这屋子本来就小，更说不上有什么书房，和弥只能在客厅辟出一片放工作用的写字台。为了不打扰他画图，我尽量少去客厅。

手上的确是在织毛衣，可上午那么愉快，忽然之间还静不下心来，于是我泡了咖啡带到客厅。和弥正研究画册，就是前阵子舅妈刚送给我的那本。

“这东西有用吗？”

“还挺有用的。听了森山君说的，我好像也渐渐能够理解香西路夫到底画了什么了。你看后期的这一幅，这会不会是张女性人物画呢？这儿的橘黄色边上是淡紫色的花瓣吧？”

“橘黄色边上加紫色花瓣的话，这种金平糖[①]一样的形状，你为什么会觉得是花呢？”

“我也只是这么觉得而已，说不定完全就是误读呢。”

“我完全看不出来，淡紫色是花瓣吗？”

我不经意地环顾房间，视线停留在墙壁上插着的一枝波斯菊上。和弥也注意到了。

“我感觉完成图有点头绪了。”

和弥自信地点点头。在我心中，他那表情和今天上午与森山君双手紧握时的印象重叠起来。

“对了，要是和弥你的图被选上了怎么办？”

“大概会让我们的事务所来推进吧。怎么了？”

“我是在想森山君能怎么参与进来。”

“他有的是施展本领的地方啦。不光这一次，为了让他成为我们事务所将来的可靠战斗力，我会让他好好锻炼的。”

我真的好羡慕森山君。要是我能够理解一点点香西路夫的画就好了。我盯着那枝波斯菊看了很久，淡紫色的花瓣令我挥之不去。

① 金平糖，日本传统糖果，将冰糖在水中融化后煮干，加入小麦粉制作而成，形状是圆球形四周有小疙瘩。

✿ 月，前夜

添麻烦的是我，就让我来付钱吧。

就这样来来回回了五次，前田先生冒出一句“学长向你提出一天一请求这个想法实在是太对了”，让我摸不着头脑，甚至都不知该怎么回答他。结果还是前田先生请客，之后我们离开了站前那个小酒馆。

回到家里，母亲也刚下班到家。总觉得玄关漂浮着一股又咸又甜的酱油味，不知母亲是不是把单位食堂的熟食带回家热了一下。大概是干烧咖喱吧。我早回家的话，熟食就会留到第二天吃；若母亲早回家，就在当天的晚饭时吃。

现在这样，还是去厨房露个脸吧。

“我回来了。”

我给正在水池前洗碗的母亲打了声招呼。

“真晚呀。如果是去约会就好了呢。给你留着干烧咖喱呢。”

她背对着我说，口气还是那么让人不快。

“不用了。我今天在外面吃过了。不好意思，是临时决定的，就没告诉你。”

“真难得啊，在外面吃。和谁？”

肯定以为我是和女伴们一起吃的吧。她一点也没有要停手或者回头的迹象。要不要说真话呢？和前田先生一起吃饭这件事，不光是公民馆的同事，连在店里遇到的花店和肉店老板都知道了。与其从别人那里先传出流言最后走投无路，还不如我自己先说出口的好。

“和公民馆的前田先生。”

“哎呀，小纱。”

母亲不顾满手的泡沫，回过头来。

“我去泡壶茶，你等一下哦。”

她那堆满笑容的脸，看上去比带再漂亮的花回来还要高兴。都不忍心告诉她这不是约会。

我和母亲面对面坐在客厅的桌旁，面前是热腾腾的焙茶。她的笑容依旧不变。“梅香堂”的点心已经没有多余的了，今天的茶点只有一些腌辣黄瓜。其实我没什么好报告的啦，我说着叼起一根牙签。

“前田先生，就是那个个子高高的男人吧，是我们餐厅的常客呢。好像还是第一次听小纱你说前田这个名字，从什么时候好上的？我猜是那个绘画教室？”

简直是对着集合在宿舍谈话室的女大学生训话一样。

“不是什么好上没好上啦。今天他来买了些金锷烧，当时有东西忘在我们店里了，我傍晚去了一趟公民馆送还给他，就顺便一起吃了顿饭而已。”

“不过，和没有好感的人一起吃饭，小纱你绝对不会愿意的吧。谈些什么了？”

这才是我绝对不会说出口的。

“山水之类的啦。前田先生在学生时代也是登山部的。”

“哎呀……和小纱你一样嘛。”

我特地抽出了一些时间，恐怕是因为我在他身上看见了父亲的影子。

“有共同兴趣是好事嘛。我觉得前田先生其实很不错哦。不过，总觉得这个人不够精神，有点可惜。”

“别说这种失礼的话。”

确实，他有点驼背，也从没见他工作的时候干净利落过。不过，他完完整整地聆听了我的话。

“妈妈你那点喜好告诉我也不想知道啦。”

“不过，男人的话还是要挺直腰板、意志坚强才靠谱啦。”

“爸爸也是那样的人吗？”

“……没错哦。”

“所以说也希望女儿的对象也是那种人。”

“可以的话尽量是这样最好，不过你爸那种人也不是那么简单就能找到的啦。”

母亲不知已经多少年没有提起父亲了。何况这么平淡地谈起他，还是第一次吧？好想再多了解一些。想知道他们两人是怎么相识相恋的，是如何幸福甜蜜的。不过如果我真的问下去，一定会拒绝希美子提出的要求吧。就算去爬一趟山，也许都不能回心转意了。

我听取希美子的请求，这本身就是对母亲和父亲的背叛。

“对了，‘梅香堂’的金锷烧，我们打算用花的名字来命名呢，是我提议的。豆沙馅叫梅花，栗子馅是山茶花，还有鲜奶油叫波斯菊，怎么样？”

“波斯菊不错呢。”

话题忽然变了，母亲也没说什么。

“这个周末，我要去趟山里。”

“难道是御笠山？”

母亲一脸担心。

“不，是八岳。”

“那么远的地方，你一个人去吗？”

我该怎么回答呢？要是说一个人去，她一定会担心的，可说和前田先生一起去也不好，这又不是一天能来回的，这可不像一起吃顿饭，母亲肯定不会轻松答应的。

“……和希美子一起。前阵子她不是写信来了嘛，好像是山岳同好会的同学会。没问题吧？那我先去洗澡咯。”

我一口把茶喝干，站了起来。不过就算是撒谎，我本也不想提到希美子的。而母亲只是说了一句“路上小心”，就没有再追究下去。

她是沉浸在对父亲的回忆中吗？就连我的脑中也浮现出那个腰杆挺拔、意志坚强的形象。

我不小心叫做爸爸的那个人，在这一点上竟也和父亲很相似。

被认定为浩一的“女儿”之后，我不管做什么都被安排和他一起。不管是训练后的酒会，还是男女合同集训的分组，更别说下山后的庆功会，他旁边的那个座位就是我的专座。就算我不去坐在那儿，他旁边也总为我空着，就算是吵吵闹闹的时候，学长们还是会说“这可是小纱的专座”，为我空出那个座位。

他的另一边有时是希美子，有时是仓田学长，各种各样的朋友都来坐过。我有个室友是大家族出身，她曾经说过，要是大家不能各就各位，就会觉得不安心。在她家，不管是吃饭还是坐车，家人都定好了各自的位置，几十年都不变。

一直都和母亲相依为命的我，很难理解这种感受。大概是因为就算没人守着，地方也不会被占吧。可当我所处的空间里，有特地为我准备的那个位置，无言之中让我找到了归宿感，这是我进入同好会之前从未有的感受。这是我的家。

从最初说漏嘴那次以来，我已经不会再开玩笑称浩一为“爸爸”了，但他对待我的感觉，和父亲没什么两样。公选课出了理科题，他会按照顺序一步步仔细地教导我，我决定不了该去哪儿打工，他也会为我出主意。和女生一起去看电影时，他会为我担心：别回来太晚了，陌生男人来搭话绝对不要跟着走之类的。看出我可能有些绘画才能的也是他。

就这样，一幕幕的镜头，把我过去所缺失的场面一一补足，我的人生里终于有了关于父亲的记忆。

父亲、母亲，再加上女儿，组成了家庭。父亲的形象和浩一重叠，女儿的形象与过去的自己重叠，而不知何时开始，母亲的形象，已经由我自己代入了进去。

自从我短大毕业之后，塞在壁橱深处的纸箱还没有打开过。

尽管我觉得自己再也不会上山了，但我辛辛苦苦打工攒起来的一套装备，不忍心就那样扔了。登山包、登山靴……

因为仓田学长总是穿一身红，我就买了和仓田学长差不多的玫红色靴子。可希美子因为尺寸不配，只能挑了蓝色的。“把红色的包换给我吧”，她这么说，我只能挑了蓝色的包。我们的一身全都是崭新的，可这搭配怎么看都像是随便借来拼凑的。

希美子总是这样。

夏季集训结束了，我准备回一趟老家的时候，希美子说要去我家住一晚。尽管没那么远，不过我家又不是什么观光胜地，来了也会无聊的啦，我回答说。可希美子忽然夸张地提高了嗓门：

“仓田学长明明说过请务必来玩玩嘛。”

“那是因为，仓田学长对香西路夫……是个画家啦，你知道吗？他是喜欢那个画家才这么说的啦。”

“香西路夫我还是知道的啦。而且我想吃刚烤出炉的金锷烧啦。”

你不嫌弃就来吧，结果我还是把希美子带回了家。

我把希美子介绍给了“梅香堂”的老板，一说她特别爱吃这里的金锷烧，老板当场就烤了金锷烧，还把老家带来的特产都塞给了希美子。因为可乐饼也特别好吃，我们两个就边嚼可乐饼边回家，结果母亲准备了一大桌好菜，还有盂兰盆和元旦的特别菜式，就等着我们回家呢。

刚吃过金锷烧和可乐饼的我后悔不迭，可希美子坐在一旁，仿佛什么都没发生过一样，夸着我母亲的好手艺，吃得津津有味。光说她手艺好，母亲已经飘飘然了。“这干炸用什么调味的呀？”“怎么才能让肉这么嫩呀？”这一句句提到细节之处，真是问到母亲心坎里去了。就连平时说话不多的母亲，也健谈得像过年一样。干炸是用蛋黄酱调味的，直到那天我才知道。

希美子把桌子上的龙胆花都狠狠夸了一番。

坐傍晚的电车回家也没关系，母亲提议。翌日，她带着母亲做的便当，跟着我参观了乡下唯一的观光地“雨降溪谷”。其间问起香西路夫，她果然只是知道个名字而已，对他的画和美术馆完全没有兴趣。我们决定在溪谷散会儿步。

“明明叫雨降溪谷，可今天不是大晴天嘛。”

在狮子岩旁阴凉处，我们铺开薄布，刚打开便当，希美子就仰望着晴朗的天空说：

“听说这地方下雨可多了，可我竟然没见过这儿下雨。不过也只有远足和社会科考察来过这里两次而已。”

“小纱你是晴女啦。”

“谁是晴女还不知道呢。和希美子你一起出门的时候总是晴天呢，说不定晴女就是你吧？前阵子，我打工回家的时候，忽然下起雨来，都成落汤鸡了……”

“别说了。”

希美子突然打断我。

“小纱的不幸已经太多了。可我一同情你，你就会当我是傻瓜啦。”

“有什么不幸的？”

“因为你生在单亲家庭，为了不让妈妈加重负担，必须要出去打工，而且在同好会里也很拼命，仓田学长不就很为你费心嘛。你明知道我喜欢浩一，可还老是独占他，也是因为小纱你没有爸爸很可怜，这也没办法，是你自己告诉我的吧。”

“你很同情我吗？”

“当然了。不过，你妈妈又漂亮又温柔，还在桌子上放花呢，走在商店街上，大家也都很亲切地跟你打招呼，看上去完全不可怜嘛。”

“我有说过因为是单亲家庭所以生活很困难吗？”

我确实告诉她我来自单亲家庭。刚进宿舍那会儿，我问希美子会不会不习惯双人房间，她回答说，在老家是兄妹四人合用一个房间，双人房间已经足够舒服了。在这之后，她也顺便问了我的家庭情况。

母亲和我两人，父亲在我出生前就因为意外去世了。我也就说了这些。我从来不觉得我的口气是在寻求同情，似乎只是自我介绍之后随口提到而已。希美子她自己在当时也只是说了一句“哦，是吗”，似乎完全没有表现出同情的迹象。

“小纱你就算嘴上不说，可出了什么事都写在脸上啦。我真是累死了，希美子真好啊，看上去什么烦恼都没有，你肯定这么想过吧。”

“才没有。”

“怎样都无所谓。不过，我对你已经不再同情和客气了。仓田学长和浩一两个人都被小纱你独占，我可不允许。你总该让一个给我啦。”

让一个吗？我并不十分确定仓田学长和浩一是否算是排在同一条线上。仰慕与恋爱完全是两码事，如果说我对于两件东西全都很想要到手，那我还算是理解，只要把其中一件让给她就是了。可尽管选择权在我的手中，但他们都不是我的所有物。

“让一个给你这种说法太奇怪了。我明明没有挑选的权利。”

“那，你就选出自己想要的那个。现在说不出口也没关系。我准备九月十日回宿舍，你在这之前要好好作决定哦。”

希美子说着，把便当盒里的干炸片都塞进嘴里，腮帮鼓鼓的。看来她不打算再说什么，也不会追问我。

早知道会冒出这么一个难题，我真是后悔没带她去听香西路夫的讲座。可是，看看含泪望着天空的希美子，我忽然明白了她是为了把这说出口，才特地跑到这种乡下地方来的。

我真的是想知道自己到底可怜不可怜，没想到结果被判断为不值得同情。这一点在那个阶段是正确的。

颜色搭配很不协调，我和希美子两人在一起的时候还没有注意到，仔细一看还真的很逊。穿一件红蓝相间的夹克衫能不能平衡一下呢？不过，同行的是前田先生。光是被他认为喜好奇怪倒是无所谓，但那个人本身好像对这方面也不怎么在意的样子。

除了这个，其他装备全都发出一股霉味，必须拿出去好好晒一下。

打开登山包的拉链，把包倒过来，从内袋里掉出一张银色的纸。这是希美子最喜欢的，从不忘带到山上去的巧克力包装纸。她分给我吃完之后，也不知怎么的，我总是会把包装纸上的褶皱整整齐齐地展平，然后放进口袋。这一点一定是我妈妈遗传的。

我最后一次登山，是二年级夏天爬八岳。短大生最后一次夏季集训结束之后，我和希美子两人一起上的山。当时我们本想要挑更加难爬的路线的，而且还是非那条不可。

因为那是为了给仓田学长建墓的地方。

不是选择哪一个，而是想被哪个选中吗？

在乡下的那段日子，令我烦恼不已才下的结论，并没有传达给希美子。

因为打工的关系，我比希美子早了一个星期回到宿舍，而仓田学长已经回来了。

“再过半年，就算不愿意也得回老家去啦，最后的夏天真想尽情做些自己想做的事。小纱你能回来真是太好了。”

刚决定回老家在亲戚的公司上班的仓田学长，开始邀请我去看电影和逛美术馆。要是被希美子知道了，她一定会认为我是挑了仓田学长，因此我还稍稍踌躇了一下。不过在下结论之前，怎么解释都是我的自由，于是我接受了仓田学长的邀请。

我们首先去了三年前刚建成的国立美术馆。我只是在报纸上看见过一次，一直都想去逛逛。这座建筑物的新颖设计被评价为纤细而大胆，可当我来到它面前时，总觉得有点似曾相识。

“小纱，你知道吗？这个建筑物是你爸爸的爸爸设计的哦。”

“诶？”

爸爸的爸爸，也就是爷爷？我根本不知道父亲生前的职业，为什么仓田学长会知道呢？看着瞠目结舌的我，仓田学长扑哧一笑。

“是浩一的爸爸啦。”

“什么嘛，原来是这样啊。不过还真是不知道。真厉害啊，没想到浩一竟然是那么有名的建筑家的儿子。就这么叫他‘爸爸’也太失礼啦，我得向他道歉呢。”

“我不是故意开他玩笑啦。不过浩一一定也会高兴的。他去年根本就不怎么爱说话，都是小纱你成了他的女儿他才变得爱笑了呢。他很喜欢你呢。”

仓田学长轻轻跟在我的身后，我们开始在馆内随便转转。阳光从高高的天花板上照射下来，在脚边形成了一个十字架图案，混凝土上没有任何无谓的装饰，壁画也利用了这种质感，显得与众不同。我沉浸在这一切中，浩一的存在仿佛渐渐离我远去。

要是现在我已经放弃了他该有多好。

一直都只想着浩一的我，竟没有注意到仓田学长身上发生的异变。在山上健步如飞的仓田学长，在这一天里，反而走几步就要停一会儿，直到走完半个美术馆我才发觉。毕竟是在美术馆里，在绘画或者雕刻前驻足也是理所当然的，可他每次停下脚步，都猛烈地喘息，这绝对不正常。当时还是夏天，学长的脸却一片惨白，嘴唇发紫，额头渗出大颗的汗珠。

“没事儿吧？稍微休息一下吧。”

“没事。最近可能太累了。是贫血吧？可能玩得太疯了。”

“请不要勉强。这儿比想象的还大，我也有些累了。我们哪天来都无所谓，今天就先回去吧？”

“不好意思，小纱。香西路夫展在这周就要结束了，我们就看完那个，接下来的内容下次再去好吗？”

我都没提一天一请求，学长接受我“休息一下吧”的提议，这还是第一次。既然身体真的这么不舒服，那还看什么香西路夫，这完全就不重要。

“要看香西路夫，回我老家随时都能看啦。请真的不要太勉强。前阵子我和希美子在回家的路上还顺道一起去了一回呢。她还说比想象的要近呢。”

“是嘛。不过，我还是想看了香西路夫再回去呢。有一些画在小纱老家也不一定能看到。不知要被哪个县买下来了，得趁能见到的时候好好欣赏一番呢。”

我拗不过他，于是我们来到馆内的特设会场。常年展示的入口处根本没那么拥挤，而需要另付参观费才能入场的特设会场前却排起了长龙。

我还以为香西路夫在我的家乡才特别有名，一直觉得仓田学长是特别喜欢绘画的。真没想到为了看那种很难理解的画，竟然会有这么多人排队。果然是全国有名的画家呢。在队列之中还能看到外国人的身影，说不定还是一个世界级的画家呢。希美子或许会觉得我耍了她呢。不过话又说回来，到底有多少人能够解读他的画呢?

排了将近一小时的队，我们终于进去了，会场内却混乱不堪，工作人员大声喊着“请不要停下脚步”。明明每幅画下面都有解说，可连看一眼的时间都不够，更别说凑近去仔细念一下上面的小字了。

“前期的特征是深蓝色的蓝时代，后期特征是鲜艳红色的绯时代，这些小纱你都知道吧？”

远远地望着画，仓田学长开始了解说。

“蓝色表现的是火焰吧。重要的一切被战火燃烧殆尽的悲叹，用这种第一眼无法理解的方式描绘出来，简直不是画而是暗号了。蓝时代充满了对战争的愤怒，而绯时代却满是对人类与自然的悲悯之情。前阵子报纸上竟然有评论家认为蓝时代表现了静，而绯时代表现了动，看了真是大吃一惊。”

我还怕自己的说明太过无聊，可看看仓田学长，他瞠目结舌地望着我。

“好厉害啊，小纱。我和那个评论家的理解是差不多的，解说上写的应该也差不多。没想到你却这么了解。”

“那就是说我理解错了？我只是跟着母亲现学现卖而已。因为别人请我去美术馆什么的，我是绝对不会去的，所以说不定只是听了老家的谁说的话，就顺便记住了呢。”

“不过，站在实物前，我忽然觉得按照小纱你的说法，说不定更加正确呢。因为香西路夫对自己的作品几乎不加注解。你们的小镇和他有渊源，说不定有一些事实，只有那儿的人才了解。果然，和小纱一起来看太对了。你还知道别的吗？”

被仓田学长称赞，我自然是有点得意，可我所知道的也仅此而已。小学时，母亲的一个朋友出差时住在隔壁镇上的站前酒店，我们两个一起去拜访她的时候，见到大厅里的一幅画，母亲解释了一下给我听而已。不过并不是母亲主动告诉我的，而是因为我看着那幅蓝色的画，大声地说“这是海底吧”。听了我的傻话，母亲为了让我今后别出洋相，就简单地说明给我听了。

如果真的是想把火焰画成红色，却不得已画成了蓝色，那香西路夫这个画家还真是个可怜人。

我们接着走，在蓝色和红色之间有一幅作品，仿佛是别人的画混杂在其中，仅此一幅。

“我想看的就是这个。”

仓田学长停下脚步。标题是《未明之月》。尽管画上也用上了香西路夫独特的蓝色，但那绝不是火焰，而是黎明的天空之色，悬浮在半空的月亮……

“这是雨降溪谷。”

“你认识那个地方？”

“就在我老家，刚和希美子一起去过。”

仓田学长还是浩一，被要求二者择一的地方。尽管如此，我还是和仓田学长一起拜访了浩一的父亲所设计的美术馆。我早已定下结论，可我还想和仓田学长一起去一趟雨降溪谷。

——可，正看着画的仓田学长却扑通一声倒在了我的面前。

我把放在纸箱里的其他装备全都取了出来。帐篷、垫子、雨衣、探照灯、组合炊具……把这回要用的东西和不用的分开，还要仔细确认一下能不能正常使用。探照灯的电池用完了。前田先生说要在山间休息所留宿，应该没有必要了吧。帐篷和垫子也不需要。这样一来，行李变得很轻。不过，季节交替的时候，防寒装很有必要。

我觉得八岳还是比较好走的路线，不过也是因为当时每天都在训练，这五年来，我基本上没有参与过什么运动，绝不能以为现在的自己也能跑得像当年一样快。吃饭可以在山顶的休息所解决，组合炊具也不需要了吧。把行李减到最少，尽量不要给身体增加更多的负担。可画材道具该怎么办？上次可是带了一套水彩画道具上山的。

邮筒咯嚓响了一声。

我停下手上的活儿，出门去确认。有可能是希美子的来信，还不止一封。尽管知道写着“K寄”的信是希美子寄来的，不过一再寄来，母亲也会觉得可疑的。这件事绝对不能让母亲知道。

信箱里放着的是寄给我的一封广告信，还有寄给母亲的一封信，寄信人是“香西久美子”。我不认识。既然是香西这个姓，莫非是香西路夫的亲戚？不过在这附近，也不算什么少见的姓氏。邮戳是T市。只是一封平信，我把它放在客厅的桌上，好让母亲一回家就能看见，然后把广告信撕碎，丢进垃圾箱。婚礼公司的广告，竟然随便送到我家，尽量不要让母亲更加焦躁了吧。

母亲今天吃早饭时还笑嘻嘻地说：“前田先生好像很喜

欢我们的油炸套餐，下次教你怎么做吧？”不，应该是模棱两可地说的。

明明她什么都不清楚。

不，这样才最好。去买几节电池吧。就餐和解手在外面应该可以解决。探照灯还是带着的好，再买一册小号速写本吧。

我觉得驹草已经不可能还开着了。不过，如果说可能性完全为零，前田先生也没必要和我一起去八岳。如果说真的可以见到，那我一定要画下来。

作为仓田学长曾经在此的证明。

第四章

✿ 花，行动

我在“梅香堂”打包了二十个盒装金锷烧，前往H大酒店。

外婆生病这件事，金合欢商店街和周边的人们基本都已经知道了，擦肩而过的时候，好几个人都来询问外婆的身体状况，为我加油鼓劲。一路谈下去，我本想问问他们是否认识昨天到我家墓地来祭拜的那个人，但我总觉得把外婆的话题和扫墓放在一起很不合适，结果谁都没问。

我问过寺庙的住持，似乎没有人询问过我家墓地的地址，所以说去扫墓的那个人一定是事先知道了地址。尽管我不会经常去墓地，不过至今为止还从来没有见过别人来我家墓地祭拜过。所以说，很难想象是附近的人。

说是我们家的墓地，其实我父亲并非入赘，所以外公外婆和父母的姓氏不同，墓地也是分开建的。父母去世的时候，如果要和外公葬在同一片墓地，我想父母也不会有什么意见，不过我听从了外婆的意见，最后建了一座夫妇墓，就靠在外公旁边。

——虽然希望梨花你常来扫墓，不过你不和爸妈进同一片墓地也没关系哦。

竟然说这种话。外婆虽然很温和，但关于结婚这件事，偶尔说的话也尖锐到伤人。哪怕有再多适龄女青年，可像我这样被最亲的人说“别进祖坟”也算是少见之极了吧。

——可人生不仅仅是结婚啦。现在和外婆你那时已经不一样了。

——不，能和最棒的人相遇，建立起幸福的家庭，没有比这更让人生圆满的事了。

这样的争论不知重复了多少回。外婆身体还好的时候，我觉得特别烦人，可现在我多想继续下去啊。不管多少次，都想再来几回。就是为此，我现在就要去和K见面。替我们扫墓的，是K吗？

坟前供着的花是波斯菊。昨天探望外婆的男人也带来了一束波斯菊。那束花交给了我，可他出了医院之后，是否买了另一束波斯菊去扫墓了呢？

可我到达的时候，刚上的线香还没有燃尽，看来时间不会很长。如果我没有绕到“山本鲜花店”而直接就去寺庙的话，说不定能见到。

不过，现在离约好的时间只差十分钟了。

我在大酒店的入口前做了一个深呼吸，前往一楼的咖啡酒廊“金合欢”。今天好像有两场订婚宴在这儿举办，大厅里满是来客。从我这儿看去，咖啡酒廊几乎已经满座了。K已经到了吗？我从入口处环顾店内。

我没见过K长什么样。不过，可以找找昨天那个男人还在不在……于是，我果然找到了那张熟悉的脸。

“您是一个人吗？”

服务生向我示意。“有人等。”我说着，走向最深处，墙壁那头靠窗的四人席。

“早上好，久等了。”

为了掩饰我失望的表情，我深深地鞠了一躬，脸几乎都要触到膝盖了。我的连衣裙花纹十分惹眼。穿着最喜欢的衣服来这儿让我后悔不迭。为什么我就这么想当然呢？

K的秘书作为代理和我见面。

看到秘书的时候，我感觉和《长腿叔叔》的主人公不同，没有觉得“原来你就是K”。因为这和短时间内我搜集到的K的信息完全不相符。这个和我差不了两三岁的人，和二十多年前在电话中说出“给我爱的人”的那个沙哑的声音不可能是同一个人。

现在可以单纯地理解为，K因为某种原因没能到场，于是请秘书代为前来，这样比较妥当吧。万一这个秘书就是K，既然要和深爱之人的女儿见面，也不可能摆出这样的表情来。再怎么看，他也是一脸的不耐烦。我向他打了招呼，左等右等却不见他回答我。他抬起头，竟然不是面对我，而是把视线对着窗外。

“让您远道而来真是不好意思。这是我的一点心意，请务必收下。”

我盯着他的脸，递出“梅香堂”的纸袋……依旧被无视。

我身后有一位托着玻璃杯的服务生，脸上仿佛写着“还不快坐下”。我不等秘书开口，就坐在他的对面。餐桌一侧的置物篮中放着秘书的包，我故作无意地把纸袋放在他的包旁边，然后点了和他一样的热咖啡。可他的咖啡看起来一点都没少。

“咖啡凉得很快，请先用吧。”

秘书说着，向我投来一瞥，接着又默默地把视线移向窗外。

窗外就那么好看吗？

精致修剪的花园里，新婚夫妇的朋友们正把玫瑰花拱门作为背景，轮流拍照。

话说回来，我父母的结婚照中也有好几张是在这个花园拍的呢——身穿洋装的两人挽着手臂的照片、外婆夹在他们之间的三人并排照，还有外婆和母亲一起拍的照片。不论是哪一张，都洋溢着幸福的笑容。

如果有时光机，我真想参加父母的婚礼。就算我说“我是你们的女儿，来自未来”，他们也一定会对我说“那么远来，欢迎欢迎。”如果我偷偷地问母亲“K是谁？和你有什么关系？”她又该怎样回答我呢？

——那个，K想问……您需要多少钱？

“嗯？”

本该只存在于脑海里的声音，竟然跑了出来，而且他的嗓音带些沙哑。

“我是问，您外婆的手术费用需要多少呢？”

是秘书。不知什么时候，他已经转向我了。我的咖啡也已经上了桌。好不容易憋出了一句话，脸上还是那副不耐烦的样子，真是好失望。他穿着高级西服，比三年前更加有派头了，可态度竟然比原来还差了好几倍。可是我有求于人，不能表现出失礼的态度。

既然是我请求贷款，要谈到金额也是理所当然的。观察一下周围的情况吧。隔壁桌上是一群中年男人，大概是新郎新娘的上司，是突然被请来应酬的，讨论的话题不外乎“那家伙，进公司第几年了？”

我很担心我们的谈话会被人偷听。

“可以的话，一百万日元。我一定会偿还的。”

“就这点程度的钱都筹措不来，还要向毫无来往的人借吗？真是好笑。”

秘书边说边把咖啡杯移到嘴边。我又不是要求他们全额负担。手术费、住院费、治疗费、药费……还有癌症保险，这些力所能及的部分还没算进去。一百万日元，再加上我的存款，恐怕还是不太够。可是，在我看来这依然厚颜无耻。

“不好意思。你说得全都没错。那个……K和我的母亲算是完全无缘的人吗？”

“你觉得旧情人也能算是有缘吗？”

“旧情人……就因为这样，每年都要送来那么一大束花，还要提出援助家属吗？”

“一般是不可能的吧，至少我不会这么做。何况，他又不是单身，家里又有妻子又有孩子，而且对妻子也毫不隐瞒。”

“难道母亲和K在地位上相差很大，两人被生生拆散，所以才有了这种情况？”

“地位？你会错意了，把我家当成挥金如土的资产家族了吗？不好意思，我的母亲只是一般家庭出身，我也不是每天游手好闲。你想要借的钱无疑是建立在劳动所得上。如果你把这一点考虑进去，还会寄来这种信吗？”

秘书夸张地叹了一口气。我竟然做了这么没常识的事情。确实，我把K想象成了一个大富翁。可是，让我有这种印象的不就是K本人吗？

“完全不告知理由就提出要援助我，我自然就有了长腿叔叔那样的印象。何况，你就是K的儿子吧。父亲连续几十年，每年都给母亲以外的女性送去价值上万日元的花，作为儿子，确实难以忍受。如果是我的话，肯定已经拒绝了。”

我总算理解了他的不耐烦。

“说得没错。我今天来，就是为了准备一下你需要的钱，今后和你断绝一切关系的。我不会再送花了。今后，不论你陷入何种困境，也绝对不会提供援助。你指定一个银行账户，下周钱一到就会打上去。你也没必要还。这就算我父亲和你母亲断绝关系的清算费用。”

“等一下，请不要说清算费用这种话，搞得好像是我母亲对K依依不舍一样。”

“如果早就不相往来，她应该会拒绝收花吧。”

“我母亲和你父亲的关系，我不清楚。不过，送花这件事，你母亲知道，我父亲也知道。我家又不是新店开张，这些花对于一般家庭来说还是太贵重了。我们收到花，就会和外婆一起，大家分工装进花瓶。从储物柜中取出花瓶的多半是我的父亲。而母亲曾经骗我说这花是中奖得到的。要真是不舍的旧情人送来的花，可能这么说吗？他们两人说不定曾经的确是情侣。不过别说得好像他们两人在各自结婚后还藕断丝连一样。”

“我说的话是没有错的。不论你家是如何接受这些花，都和我没有任何关系。我也不想知道。只不过，这只让我回想起母亲悲伤的神情。”

“那为什么还要来扫墓呢？昨天我也去了墓地。你到我家的墓地到底是要调查什么？”

“你什么意思？我可是坐今天早晨的新干线刚到这儿的。”

他的样子不像是在装蒜。被父亲，也就是K委托，他只是很不情愿地来到这里。

“那，是我搞错了。除了你远道而来之外，我没什么别的需要道谢，也安心了。”

我喝了一口咖啡，已经完全冷了，一杯一千日元真是浪费。全部喝光之后我看了看秘书。

“钱就算了吧。因为外婆有一件东西无论如何都要买下来，所以我才瞒着她来求根本未曾谋面的你，是我错了。浪费了你宝贵的时间和金钱，真是十分抱歉。就像你刚才说的那样，我们断绝关系吧。也请不要再送花来了。那种东西，收花的人也很困扰。说不定，我的母亲仅仅是为了成全你父亲的自我满足才收下了花。既然是旧情人，在结婚后还不停地送花来，这和跟踪狂有什么区别？”

“你来要钱也就算了，还说我父亲是跟踪狂？”

秘书双手拍案而起。我说是跟踪狂未免有些过分了，可仅仅是过去的恋人，竟然要做到这种地步，我就觉得很恶心。

“你们别吵了。”

身后传来了一个声音。“啊！”秘书十分惊讶。回头一看，站在后面的正是昨天到访过外婆病房的那个男人。

“专务你怎么在这里？”

秘书问那个男人。专务——他俩在同一家公司工作吗？

“就别叫我专务，少爷。我已经退休了。我听妹妹说，曾经照顾过我的人现在住院了，昨天才连忙赶来的。没想到会在这种地方遇见你们。你们大概没发觉我，我离你们就隔了两张桌子。不过失礼了，你们说的话我全听见了。”

秘书大吃一惊，我也完全没有察觉。

“我能坐过来吗？”

专务来回看着秘书和我，问道。我默默地点了点头，秘书说了一声“请坐”，不知为什么指着我旁边的座位。他们两个人的年龄好比祖孙俩，可专务还是对他用敬语，这个“少爷”也不否定对自己的称呼，这位秘书大人到底有多了不起呢？

专务叫来服务生，又点了三人份的咖啡。

“少爷，关于您父亲和这位小姐的母亲之间的事，我的确不清楚。可是，对这位小姐，您的态度明显很专横。小姐的外祖母和您一家的关系，您真的了解吗？”

外婆和K也有关系？

“我不知道。今天是第一次听说。”秘书回答专务说。他的脸上写满了莫名其妙。

“小姐呢？”专务看着我。

“我完全不清楚外婆还有这种关系。这位秘书的父亲，每年都要寄给我母亲一大束花，就连我父母去世时，还提出要对我提供经济援助，难道和外婆有什么关系吗？”

“您母亲的情况，我也什么都……”

“那，专务先生，您又和外婆有什么关系呢？”

“我……”

专务犯愁地把视线转向墙壁，忽然间停留在墙壁上挂的那幅画上。

“少爷，你知道那幅画是谁的作品吗？”

“别开我的玩笑了，香西路夫嘛。”

“不好意思。那么，那幅画表达了什么，您能解释一下吗？”

“我看不到标题呢。不过，这应该是绯时代的作品，是战后所画，表达了新时代就要崛起的热情吧。”

“我明白了。那么，小姐你怎么觉得呢？”

我看了看画，以鲜艳的红色为中心，暖色的笔触仿佛尖锐的鳞片一样层层叠叠。

“我不想回答。小学远足时，我也被问过相同的问题，结果丢尽了面子。那种屈辱再来一遍还是免了吧。”

“您觉得丢人的解释是自己想出来的吗？还是谁教给你的？”

为什么要对这种问题穷追不舍呢？

“连我出丑的细节也要一一说明吗？一般来说，他的解释不是很对嘛。我在学校也学过差不多的内容。再说了，为什么一定要让别人来解释呢？不同的人看到画，当然有不同的感想。说的是对是错，又是谁定下的标准？如果真有标准答案是香西路夫自己来解释的，那么直接贴在画旁边不就行了吗？何况，既然想让人解读，就画得让人好理解一些呀。可他画得如同暗号一般，说不定他本人根本就没想让别人解读出结果来呢？又没有留下什么文献，坚信自己的解释是正确的人才不可思议呢。”

梨花的解释真是很有趣呢，不过，那是不对的哦。班主任说出这句话后，同学们哄堂大笑。从那以后，我就尽量不在人前发表意见了。今天我被问到了相同的问题，总算是出了一大口怨气。

“可是，香西大师，说不定只把画中的真意告诉亲密的人呢？”

专务依旧不肯罢休。

“那又怎样呢？”

“又或者，有个间接得知的人，假装是自己悟出了一种解释，从而独占功劳又怎样呢？”

我回头面对秘书。

“对于那幅画，你的解释是错的。实际上那幅画表达的根本不是对新时代的热情，而是画着一片开满波斯菊的田野，有一位微笑的女子抱着孩子正在喂奶呢。”

秘书眉头紧皱，凝视墙上的画，又很快惊讶地面对我。

“别开玩笑了。那幅画上到底哪里画了这种东西？”

我重新面对专务。

“你看，别人就是这种态度。成年人尚且是这种态度，要是放在小学生当中，早就开始‘笨蛋笨蛋笨蛋’的大合唱了。要说好处简直一点都没有。我不相信会有人以此邀功，就算有这种人，那也算是他的才能吧？把一切都推给对画的解读，那仅仅是人的嫉妒而已。”

我真的有激烈争论到现在的权利吗？失业的我、过来借钱的我，正因为一无所有所以虚张声势。没有比这更悲哀的事了。

“我说得可能有些过分，不好意思。”我添了一句。

“这就是小姐您的意见吗？是您外祖母还是父母这么教导过吗？”

专务还是那副口气。到底是什么让他穷追不舍呢？

“这是我的个人意见而已。我们家里基本上除了我以外，都不会出言不逊。再说了，到底为什么忽然变成了这个话题？我是想向K借钱才到这儿来的。和这件事同样重要的是，我还想知道K到底是个怎样的人。不过，实际前来的却是秘书，而他也只肯说出K和我母亲是曾经的恋人。抱歉我之前没问，这件事是父亲告诉您的吗？”

我问秘书。

“倒不是直接告诉我的。我只是看到了收信人是位女士。‘您和她到底是什么关系？母亲知道了不会生气吗？’我追问之后，他只敷衍说，总有一个人，会让你愿意一辈子送花给她。从那以后，不管我问多少次，他都闭口不谈，还说我总有一天会懂的。”

“旧情人这一说，根本就是你的假设吧？就算是旧情人，有那种表达方式的吗？你不知道就明明白白说不知道好了。还有你也是。”

我没辙地转向正盯着秘书的专务。

“我刚才问您和外婆到底是什么关系，可您把话题转移到了画上。昨天在医院时，您也是这样岔开话题。为什么就是不肯说明白呢？”

“真是对不起。您外祖母需要的钱，我来支付。”

“说的不是这回事啦……我是想请您说明白，在我不知道的地方，我的父母和外婆到底和什么人有着联系？否则，就连我与外婆和父母之间的关系，也仿佛在最要紧的地方被隔断了，这让我觉得很不安。”

秘书和专务谁都不开口。

“少爷，今天来这儿的事没告诉夫人吧？”

“没说啦。怎么可能说嘛。”

秘书盯着我。

“很遗憾，我父亲和你母亲之间的关系，已经不可能知道了。”

“为什么？”

“K已经在两年前，离开了这个世界。”

当事人全都已经不在人世，而花束依然按时送到。如果我没有寄去那封信，那明年和后年依然会继续。真相到底是建立在何种基础上的呢？

离开酒店，回到医院，外婆已经睡着了。

似乎从昨晚开始的低烧还没退。

专务没见外婆就回去了。

——我接下来要去医院，专务先生怎么安排呢？

——我准备和少爷一起直接回东京。钱的问题不用担心，很快就会再次和您联系的。

趁秘书付账离开休息室，我和专务说了这么几句话，才知道他们两人是从东京来的。

结果，专务和外婆的关系还是不明不白。

秘书和专务，如果都能把自己知道的事毫无保留地告诉我，真相就自然而然会浮现，但为什么他们都不肯说呢？

而且，没想到K已经去世了。父亲去世的时候，秘书——K的儿子是受了委托才持续不断地寄来鲜花。不想送就去和母亲说，听了这话，做儿子的也只能不情愿地接受了。如此说来，我也理解了他今天为什么这么不耐烦。

K如果想拜托儿子做些什么，那必须把事情解释得相当清楚，就算那理由是多么有违道德，哪怕会伤害母亲。与其遮遮掩掩地骗过儿子，还不如把自己的真实想法表达出来，这一点还是能做到的吧？

说不定，这次和他们见面之后，就永远都不会再见了。原因是，那两人到最后都没有表明真实身份。

——把我们的身份隐藏起来，这也是和父亲的约定。

他难道就不想知道真相吗？如果他真的提到了自己的名字，我或许能找出一些头绪。很可能在贺年卡里就能找到那个名字，或者通过母亲过去的相册和名簿，就能查出母亲和对方是在什么时候相遇相识的。

的确是因为存在这样的约定，连专务都没有自报过家门。

我正准备再追问几句的时候，有人把我打断了。秘书刚走出咖啡酒廊的那一刻，一个穿着人偶般连衣裙的女孩穿过人群朝我小跑过来。咦？我还没反应过来，旁边已经传来了她的声音。

——这不是老师嘛！

是英语口语教室“JAVA”的学生监护人。“你好。”我挤出笑脸，立刻向入口处冲去。我逃走了，甚至都没有同秘书与专务打声招呼。我什么坏事都没做。可是，如果我留在那儿，就不得不一一说明“JAVA”的情况。实际上我根本不了解详细情况，但对于他们来说，我代表公司，不管说什么也是没用的。所以，我逃走了。

因为无法说明，所以逃走了。

秘书和专务，说不定也是一样的。

给花换过水，把衣服都洗完了，外婆还是没有要醒来的迹象，我打算直接回家。打开储物柜抽屉取出笔记本的时候，忽然发现下面还藏着一个信封，上面写着“给梨花”。

我把它打开，里面放着一张便笺，上面写着外婆想要买的拍卖品和藏存折的地方，另外还附上“拜托了”的留言。

“为什么，会是这种东西……”

说是拍卖，却根本不是什么小件拍卖品，这不是和政府有关的投标吗？

我好想现在就把外婆叫醒问个清楚，至少也要让她把想要的理由写下来。可是，看到纸上歪歪扭扭的笔迹，就知道外婆一定使不上劲，就连写下这些都已经竭尽全力了吧。

外婆，对不起，我要从您的存折里取钱付手术费了。外婆您想要的那件东西，哪怕现在经济不景气，恐怕也不是靠外婆您这点微薄的存款就可以买下的。

我没能把这些话写在笔记本上，只写了一句“我还会来的”，就离开了病房。

两天后，快递送来了一封信。

——我们在清里等候您。K寄

地图上标记着K的别墅所在地，就连往返的车票都已经附在信内。指定席车票的日期写着后天。是让我能来就来吗?

寄信人不是秘书就是专务吧。那天，最要紧的内容都不肯告诉我，才过了三天，就要把我叫到那么远的地方，到底想干什么?何况署名还用了已经去世的K的名字。完全搞不清他们的意图。应该别管它吗?可是……

离手术只有四天了。

我明白的只有一件事，那就是不行动就永远都搞不明白。为了明确他们的真意，我还是去一趟清里吧。要是这回依旧一无所获，那我在回来的路上就爬一趟赤岳吧，顺带也磨炼一下我懒散的身体。

只为确认自己到底和谁有关系。

✿ 雪，行动

很难得地，和弥开着事务所的车回家了。这周难道还要像前阵子那样出门去兜风吗？或者又忽然决定要出差？

吃晚饭时，我顺便问他。

“明天工作上有什么事要出远门吗？”

“啊，对了。明天还得早起呢，美雪你今晚也早点睡。”

“我要几点叫醒你呢？”

“没关系，我来叫醒你。”

“那你一定休息不好啦。最近你不是每天晚上都熬夜吗？就算有再多的事要努力，也不能这样不顾身体啊。”

“那也只差一点点啦。”

和弥说着，做出一副精神百倍的样子，往嘴里扒拉着米饭。可这一周以来，他每日的平均睡眠时间都只有三小时左右。因为比赛的截止日期临近，我也不能劝他一定要多睡觉。尽管对比赛也很心急，可最近我还是更担心和弥的健康。

前几天，我想让他多吃点补身子，就去金合欢商店街的肉店买了牛肝，和韭菜、胡萝之类的蔬菜一起炒，可他说“我不爱吃肝脏”，结果只肯吃蔬菜。看到我景仰的和弥偶尔也有这样的孩子气，既让我愈发喜爱，又让我徒增烦恼：到底该买什么才能给他补补身子呢？

今天的炸鸡他似乎吃得很香。我做得比平常是多了一些，可那到底有没有营养，我也不清楚。

吃完饭，洗完澡，和弥根本没休息就坐在书桌旁。我收拾完餐具，也开始在厨房织毛衣。之前我要织完身体部分，总要花将近半个月，可和弥这么拼命，我仿佛也有了他的劲头，只花了十天就完成了身体部分，接下来就只需要再织两个袖管了。

我本想再加油一会儿，可要是连我都熬夜，明天睡过头了可不好，于是还是提前睡下了。我在客厅旁的寝室里铺开被子，一关灯，就能看见从门缝中透出的一道光，似乎一时之间还不会消失。

我思考着明天晚饭到底该吃什么，闭上了眼睛。

——美雪，美雪。

黑暗中传来和弥的声音。和弥，你在哪里？我怎么完全看不到你……忽然间我醒来了。

“不好意思，我真是的，结果还是你来叫醒我。现在几点了？”

我直起身子，借着隔壁透进来的灯光望了望时钟，才三点嘛。虽然说要早起，但真没想到是在大半夜。而和弥却已经换上了外出用的衣服。

“这么早就要出门吗？”

“没错。你也和我一起去吧。快换好衣服。”

我听他这么说，连忙穿起衣服。他让我别穿短裙，换上便于行动的装束，到底是要去哪里呢？和弥在厨房煮了一壶热水，泡了些速溶咖啡，装进暖水瓶。这是早餐用的吗？我本想自己作些准备，可别说便当了，连饭都还没煮，根本做不了饭团。我打开柜子想找找还有什么能吃的，发现正好还剩两个金锷烧，于是用纸包着装进手提包。尽管才九月末，可天亮之前，阴冷的空气让人不由得感到秋意，我决定带上毛线围毯。

“连我都要一起，到底要去哪儿？”

我冷静下来问他的时候，已经坐在了汽车的副驾驶座上。

“最终确认哦。”

和弥带着一丝喜悦说道，接着发动了车子。没有一家是开灯的。汽车的引擎声被夜间寂静的空气吞没。当我与和弥两人在半夜开着车驶过早已熟悉的小镇街道时，我觉得仿佛第一次来到一个未知的小镇。

仿佛全世界只剩下和弥与我两人。我边想边仰望窗外的天空，一轮金黄的圆月正在一片山峦中若隐若现。

我们到达的是“雨降溪谷”，就是那个曾经有过香西路夫草庵的地方。前几天，事务所的森山君刚带我们两个来过。那天的天气特别好，迎接我们的是盛开的波斯菊，而今天，尽管没下雨，可周围也没有灯光，只能靠朦胧的月影来认路。

他是为了图纸才来这儿的吗？这个时间来，到底是为了确认什么呢？

“我们要步行到狮子岩，小心脚下哦。”

我们各自手持手电筒，和弥拉着我的一只手，缓缓地向前进。耳边只有河流的潺潺声，完全没有人的气息。真是个寂寞的地方。要在这种地方造草庵，那个名叫香西路夫的画家还真是相当不爱与人交往呢。

像我这样的人，哪怕有再多的钱，也不会一个人住在这种地方。要是现在和弥突然离我而去，我一定会害怕地放声大哭。

我拿着手电筒，把手提包挂在手臂上，和弥背着登山包。为了画图，他是不是带了不少工具呢？在家里工作的时候，他总是一个人面对书桌，但今天竟然还把我带到这里，难道说，他一个人来这里也有点害怕吗？

熬夜工作的时候，他一定会在桌上开一盏大台灯，房间一定要通亮。难道不光是开车，步行，对黑暗也很没辙吧。我很想问问他，可他要是反过来开我的玩笑就糟了。

“这种地方，叫我一个人来是绝对不行的。”

“我也是啊。我一个人的话，踩到一根树枝恐怕都会被吓晕。”

他紧握着我的手说。我意识到自己也起到了一点帮助，十分高兴，害怕的感觉一扫而空。

脸颊上扫过凉凉的空气，十分清爽，我不禁想唱首歌。

“和弥，我们一起唱首歌吧？”

“想驱魔吗？”

“不是啦，我总觉得挺开心的。”

“那就好。这么大半夜的把你叫醒，还带来这种地方，我还担心你会心情不好呢。唱歌嘛，我也唱得不怎么好。”

“没关系呀，反正谁都听不见。”

“说得也是。就算是音痴也能放开来唱几首呢。唱什么好呀？”

“嗯，月亮这么漂亮，唱首和月亮有关的歌吧。”

“月亮吗？好啊，美雪你来挑。”

“好吧……”

我细细一想，想到了一首正巧合适的歌。

“《证城寺的狸猫》[①]怎么样？”

和弥扑哧一声笑了。

“真是没想到会是这一首啊。”

“可是，没想到其他有关月亮的歌嘛。那和弥你想到什么了？”

“让我说的话，对了，《月之沙漠》……要不《炭坑节》[②]怎么样？”

“和弥你挑的曲子和我是半斤八两嘛。嗯……要说歌词能全记住的，还是我挑的歌好一些。”

“那就唱狸猫那首吧。”

和弥稍稍跑调地唱起了《证城寺的狸猫》，我也跟着一起唱起来。一曲唱毕，与月亮有关的童谣一首首浮现出来，我们两人又唱了《十五的月亮》、《雨后之月》和《胧月夜》。好开心，好开心，太开心了，我抬起握着手电筒的

---

① 日本童谣，作词：野口雨情，作曲：中山晋平。在台湾被改编为同旋律的歌曲《小白兔爱跳舞》。

②《月之沙漠》、《炭坑节》分别是童谣与民谣。

手，偷偷拭去了几滴眼泪。

一到狮子岩前，和弥就从登山包里取出坐垫。喝着暖暖的咖啡，吃着金锷烧，好像我们是来野餐一样。不经意的一瞬间，我们相视而笑，渐而捧腹大笑。这一来，咖啡差点打翻了，我连忙握紧了咖啡杯。

“没想到美雪你能笑得这么开怀。难道是倒咖啡的时候不小心把酒倒进杯子里了吗？”

和弥开玩笑地说。我喝不了酒，也不懂醉酒的感觉。酒又不怎么好喝，为什么要喝酒呢？我一直以来都抱有这样的疑问，而现在的我终于懂得了别人饮酒的乐趣。我喝咖啡可从没有这么兴奋过。

到底是什么让我如此沉醉呢？

“不过，今天也是难得。”

和弥仰望天空说道。溪谷仿佛是从山头垂直向下剜去了一块，正上方悬浮着一轮金黄的圆月。

“是呀。”

我们喝完咖啡，把保温瓶收起来，从手提包里取出围毯。我肩靠肩坐在和弥身旁，用毯子盖起两双腿。

我们不知看了多久的月亮。忽然间，周围的景物全都泛出一层白光。回头一看，一道淡橙色的光芒微微浮现，勾勒出东面山峦的轮廓。

“日出了。”

“终于来了。”

和弥转过身，鼓足劲说。原来他是为了看日出才来这儿的吗？可从这儿看，对面有高山挡着，要过好一会儿才能看见太阳呀。况且，天空还只是微微泛白，要等到橙色的光芒渐渐扩散，还得过半小时到一小时吧。

“美雪，闭上眼睛，回到原来的位置。”

和弥对注视着阳光的我说。到底是怎么一回事？我照他说的闭上眼睛，把转向后方的上半身恢复到原来的位置，调整了一下坐姿。

“好，睁开眼睛。”

我缓缓地睁开眼……“啊！”我不禁叫出了声。

溪谷中鲜明地倒映着深蓝色的天空与岩石耸立的影子，一轮半透明的白月漂浮在正上方。香西路夫的《未明之月》所画的风景浮现在我的眼前。

“他画的就是这个，雪白的月亮褪下的躯壳。”

“你不觉得很像吗？如果说半夜的月亮是蛋黄，那么未明之月就是蛋壳。不，不是那么坚硬的东西。如果拿青豌豆来打比方，圆圆的绿豆是本体的话，那现在就是覆盖在外面的那层半透明的薄膜。我怎么就想不出浪漫一点的比方呢。”

“不过，你说的躯壳我已经完全理解了。既然这样，绿色，不，月亮那黄色的本体到底去了哪儿呢？”

“说不定被狮子一口吞了呢。又或者，变成了幸福的宝玉，落到了人间的某处吧。这也不对，应该是变成了太阳。太阳生自月亮，而又沉入海底消失，每天都周而复始。”

我是不是还醉着呢？平时根本没法想到的语言，一句句，一点儿也不觉得害羞，从我的嘴里冒出来。

“这可是新见解呢，全世界的学者都要大吃一惊了。”

“随便告诉别人可太浪费了，这是只属于我们俩的秘密哦。”

“既然把这么棒的秘密分享给我，那我也想让你看一样东西。”

“是什么？”

和弥把放在脚边的登山包拖过来，从里面掏出一个圆筒状的东西。他砰地打开盖子，取出几张卷起的图纸，用双手展开，上面画着一幢曲线优美的建筑物。

“几小时前刚画完，所以我才想到这儿来做一个最终确认。我设计的建筑物，搭配我们眼前的风景，到底合不合适呢？”

和弥站起来，向着深蓝色的天空，双手高高举起图纸。我也站了起来，仰望天空，再看图纸……画在这张薄纸上的建筑物，仿佛与漂浮着月亮躯壳的风景化作一体。

“真是太好了。和弥你画的这个地方，我已经能想象《未明之月》在其中展示的样子了。就连来参观的人群我都能想象出来。恭喜你！”

“恭喜还太早啦，接下来还要参加预选呢，等结果出来还要花一个月。”

“不，绝对能选上的。不过，刚才的‘恭喜’和结果没有关系，只是因为和弥你画出了这么美妙的图纸。不好意思，说得这么大口气。”

“不，多亏了美雪，我才有了自信，谢谢你。”

和弥说着，温柔地摸了摸我的头。我浑身溢满了暖流，幸福都快从身体里漫出来了。

我想，今夜的月亮，它的本体并没有变成太阳，而是变成了幸福的宝玉，掉进了我的身体里吧。

我再一次仰望未明之月，心中默念了几遍“谢谢”。

接下来一个月，和弥参加竞赛前的生活和平日没有什么两样。

早晨，送和弥出门之后，我做家务，参加街道会的活动，一天很快就过去了。夜晚，和弥也不用每天对着书桌了，我们两人喝喝茶，听听音乐，时间悠闲地流淌。

为了求个好兆头，我瞒着和弥，每天都不断在家里装饰花朵。

和弥下定决心的那天，我正好买了一些龙胆花。之后，森山太太送了我波斯菊，她儿子清志君还带我们去了“雨降溪谷”，帮助和弥完成了那么棒的图纸，我觉得是花儿让幸福延续了下去。

金合欢商店街花店里的那个男孩子，第一眼看上去让人觉得不太适合这工作，没想到他资质很好，一听要买家庭装饰的花朵，就配合季节搭配了一束既便宜又美观的花。和弥的设计入选的那天，干脆就到这儿来买一大束花吧。我现在就已经十分期待了。

不过最近几天，和弥没有什么食欲，时常心不在焉地望着远处。我问他怎么了，他也只是说没问题。实际上他应该相当疲劳吧，我不禁担心起来。

前阵子过分拼命，现在身体果然扛不住了吗？

正因为这样，我才祈祷能早一点听到好消息。通知大概就在这周内，我满心期待，每天要检查好几遍邮筒，但总是收不到。

我来到商店街买晚饭的材料，该买些能补身子的菜，还是好消化的菜呢？我开始犹豫。

“高野太太！”

我正漫无目的地走着，身后传来了一个声音。这声音很熟悉，今天我总算意识到她是在叫我。

“森山太太，你也出来买东西吗？”

我们打了个招呼，为野餐一事互相道谢。接着森山太太像是遇到了什么喜事一样，说要去一趟肉店。

“今天得好好庆祝一下，我准备做寿喜烧。这次也恭喜你啦。听说一个大订单进入最终候选了呢，三天前就已经通知到事务所了，可我家那小子竟然什么都不告诉我。我有个朋友在镇政府上班，听她说了，我这才急急忙忙跑出来的。那孩子一定会埋怨说离正式定下来还早着呢，可他多少也算是派上了一点用场，做妈妈的不给他庆祝一下，你说还会有谁呢？高野太太家，今天当然也会庆祝一下吧？”

我觉得就是和弥参加的那个竞赛。可我既没有听说他联络过事务所，也不知道已经进入了最终候选。

“不好意思，我什么都不知道呢。原来是这样呀。”

“哎呀，难道说，这事必须得保密？毕竟也和政府有关系呢。别说我了，竟然连高野太太都不知道，那说不定是规定了要对家人保密呢。”

和弥应该没有被要求保密，何况要是真有好消息，很难想象他会不告诉我。我开始怀疑森山太太说的是不是真的。话说回来，有一阵子，舅舅因为接到一个大订单，又是去吃饭又是去看戏的，每天都在应酬。

“说得对呢。毕竟是县政府直接下单，一定会动用很多钱，和哪个公司合作可能还要投标来决定呢，要是在公布前就泄露了情报，那可不得了呢。”

我从森山太太这边听说的结果，还是别告诉和弥吧。

“万一因为泄漏被取消可就糟了。那只能偷偷庆祝一下了。那孩子一看到寿喜烧，说不定就全露馅了，全说出来也不好，我干脆就说今天肉价特别便宜。哪怕是偶然，只要人开心，就当做过节吃顿好的也行吧？”

“您说得对。我今天也做寿喜烧。”

“那你回家的时候绕到我家来一下，我有些好葱给你拿一些。”

我们说着，一起走向肉店。森山太太说得没错，和弥的直觉很敏锐，说不定会察觉我知道了结果。不过，我们只要谁都不先捅破，装做不知道就行，只要在心中互道“恭喜”、“谢谢”就好了。而且，寿喜烧对身体好，他吃了一定会特别高兴吧。

我还得顺道去一趟花店。虽然不能买过分张扬的花，不过我只需要买一束和平时稍有不同的花，不经意地装饰在餐桌上就好。

和弥一脸疲惫地回到家，看见餐桌的那一瞬间，表情忽然僵硬了，转而变得严肃。这时候我必须用“肉很便宜”来搪塞一下。

“你听谁说的？”

我什么都没说出口，他就全部察觉了。他这么直勾勾地盯着我的眼睛问，我已经不可能蒙混过关了。

“我在商店街遇到了森山太太。不过，森山太太不是听清志君说的哦，是因为她有个朋友在政府上班，今天告诉了她而已。你放心吧，森山太太和我都绝对不会告诉别人的啦。”

“也没必要瞒着别人了。”

“哎呀，解禁了吗？太好了。我恨不得早点说出口呢——恭喜你进了最终候选。”

他从玄关走来的时候，我那么一本正经地正坐着真的好吗？我想着想着，又低下了头。他刚才表情那么严肃，说不定是被吓到了吧。可他抬起头来，本应该扑哧一声笑出来呀？

“谢谢。”

和弥说着抬起了头，笑中带些寂寥。难道出了什么问题吗？

为什么我听说是事务所接到通知的时候，没有意识到呢？

“和弥，难道说，是阳介说了什么不好听的吗？”

和弥本是以设计工作为目标，可被阳介骗到事务所之后，却把营销工作全推给了和弥，要是他偷偷参加设计竞赛，还进了最终候选这件事被阳介知道了，他绝对不可能乐意的。

要是事务所能谈成这笔大订单，为了提高利益和知名度，他也会不惜背叛他人的。因为和事务所完全没有关系，就算进了最终审查阶段，说不定他也不会提供帮助。最糟的情况就是，也许他还扬言要把和弥解雇。

可是，和弥什么都不说。如果我说错了，他应该会当场否定的。

这么看来，阳介果然是插手这件事情了吧。

“和弥……”

请全都告诉我，这种话我说不出口。我和阳介是表兄妹。不过，我站在和弥这一边。请相信我。我饱含心意地注视着和弥。

“……他说接下来全都由我负责。”

“这是怎么回事？被选上的是和弥你参赛的图纸吧？阳介没有这么说的权利呀。”

“权利是有的。不知怎么的，我的名字被偷偷换了。进最终候选的是以事务所名义参赛的作品，代表人是阳介。”

这到底是怎么了？

一锅寿喜烧，还有那个插着比平常更鲜艳的花朵的花瓶，要是能立刻消失就好了。可它们依然端坐在餐桌正中央，好像在对我说，赶快庆祝吧。

✿ 月，行动

八岳不是一座山。

横跨长野县和山梨县境内，南北绵延大约30公里的群山被称作八岳。

最高峰海拔2899米的赤岳，就是我和前田先生这次要挑战的顶峰。路线不止一条。目标是赤岳山顶的话，从清里上山，可以在一天内爬个来回。不过我们决定要挑战纵向攀登南八岳的路线。

从美浓门户上山，途经硫黄岳、横岳、赤岳、阿弥陀岳，再回到美浓门户。

这就是短大一年级的夏天，山岳同好会的夏季集训走过的路线。对我来说，那是第一次认真登一座山。夜行电车接着转乘巴士，随着海拔不断升高，空气的温度渐渐下降，我心中的忧虑也越来越重。尽管我已经训练了很久，但这毕竟是一个未知的世界。我也曾看过遇难事故的新闻。但我并不害怕。

因为有浩一、仓田学长、希美子，还有可靠的同好会伙伴陪着我。

学生时代的我，就算坐夜行电车，还有精力打一夜牌。可我上午刚从“梅香堂”打工回来，下午结束了绘画教室的工作才可以出发。作为明天的准备，我也只能补充一下睡眠。不过幸运的是，电车不像夏天登山季节时那么拥挤，我可以独占一个双人座。说不定还会在梦中回忆起往事，我害怕地闭上了眼睛。直到前田先生在离目的地还有一站时叫醒我，我才发觉自己没有做什么噩梦，更没有惊醒。

金合欢小姐竞赛大概不包括睡相审查吧。

前田先生半带苦笑地谈到睡相时，我知道自己一定又张着大嘴睡着了。浩一提醒我的那一次，我害羞无比，脸烧得火辣辣的，差点冒出火苗来。不过让前田先生知道反倒无所谓。我甚至还反问他，到底是怎么睡才能把头发睡成这么一团乱的。

前往美浓门户的巴士上，有一队学生和一对中年夫妇同行。他们的对话中不时透出对秋游的期待，整个车厢都充满了欢乐的气氛。下了很大决心，抱着苦修的心情前去的我，反而觉得自己很奇怪。人家似乎都是专程来欣赏红叶的。

这种季节到底还能不能见到驹草呢？我不安地望向身旁的前田先生，他取出一本笔记本，看得很仔细。我问他是不是在确认工作，他告诉我这是登山记录手册。那上面似乎记录着他从学生时代开始的所有登山记录。

原来前田先生并不是凭着模糊的记忆，而是根据认真的记录才说出还能找到驹草的。我佩服地凑上去看，在标记着“南八岳”那一页的标签上，写着三年前一月份的某日。

那不是冬天嘛。这可根本没参考价值啊，我又回头盯着窗外的景色。

我们到达美浓门户，在休息所办理好进山手续之后，我和前田先生就在休息所前的桌上铺开便当。早七点正好是早餐时间，可我觉得油炸便当不那么合适。这是母亲叫我带来的便当。

昨天晚上，母亲从“竹野屋”一路骑车回了家。我正在玄关换鞋子的时候，就听到尖锐的刹车声，她简直累得上气不接下气。母亲说要送送我，可我以往出行的时候，她可从来没送过我。她还是很担心我去爬山吗？“正巧赶上了，真是太好了。”她从包袱中取出一个纸袋递给我。

“这是便当。要登山的话，体力不足可不行。”

“这么大的包裹，装不进背包呀，又不可能提着走。”

“饭团我另外包起来了，便当就在登山前吃吧。再说一大早商店还没开门呢。那个人也很喜欢干炸吧？”

“谁？”

我大吃一惊，我可没说过要和前田先生一起去。

“希美子啦。之前那次，她来我们家玩的时候，吃得可香啦，一个劲儿地说好吃好吃。”

“记得真牢呢，那我就带去吧。谢谢啦。”

我起身背上登山包，接过纸袋，走出了玄关。前田先生约我在车站前见面，万一他说要到我家来接我，我还真不知道该怎么拒绝，这种担心终于在走出家门之后消释了。“小心点。”母亲对我挥手，我说了句“那我去了”，就背对她向前走去，走了好一阵子还能感觉到身后的视线。走到转角处，我本想回过头对她挥挥手，可又怕母亲看见了，会说着“对不起”，又折回家。说什么也不能回头，我咬着嘴唇继续向前迈步。

“不好意思，还带了这么多大包小包，这简直就是要逼你都吃下去呢。一大早就吃油的，不知道胃能不能受得了？”

我一边往杯里沏茶，一边问前田先生。

“没问题。‘竹野屋’的油炸套餐，我什么时候都爱吃。”

前田先生嘴里已经塞得满满的。

“你对‘竹野屋’还真熟悉。”

“是啊，这味道是一样的嘛，其他配菜也基本上都和‘竹野屋’的套餐一样呢，你是专门去那儿预定的？”

一次性便当盒里，装着干炸和梅干饭，还有土豆沙拉、金平[①]和干煮南瓜。

“不，我母亲就在‘竹野屋’工作。”

“我知道了，就是那个人。我就想嘛，你们是同一个姓呢。你妈妈真漂亮。”

“谢谢。不过很遗憾，我长得像我父亲。”

母亲一向对自己很严格，还总是抱怨我这样那样，可她的确长得很漂亮。偶尔，她还会露出大小姐一般的可爱神情，她身上散发出来的气质，和出身贫穷的我完全不同。要是没发生那么惨的事情，她恐怕也不会有严厉的表情，而会更加和蔼温柔吧。

那么，我的性格一定也能更可爱一些。

要是，父亲还活着……

我现在到底是要准备去干什么呢？

为了摒除杂念，我一口气把干炸都塞进嘴里，咀嚼起来。说不定现在我的表情还挺可爱的，可我眼前却是前田先

① 日本传统配菜，一般以牛蒡、莲藕、萝卜等根菜类配上调味料、酱油等做成。

生。现在还是专心考虑登山这件事吧。保存一点体力，干炸用生姜酱油事先调过味，就算是冷的也很好吃。这是“竹野屋”的味道。可是，我母亲在家做的，一般都是用蛋黄酱调味的，我还是更喜欢那一种。

“对了，一天一请求一般都请求些什么？”

前田先生举着筷子问，他已经把便当吃掉了八成。

“这种问题还是算了啦。我能请你陪我一起来这儿，不就是一个请求了吗？倒是前田先生你应该求我做一件事呢。”

“我也想好了一个请求呢。”

“什么嘛，既然这样就说出来吧。不过，行李再重我可就背不动了。”

“很简单的一件事，就让我说吧。”

“是什么？”

“你从现在开始算，到达赤岳山顶大概要花六小时。仓田学长，还有希美子曾经拜托你的那些事，就算不说，你爬山时也会不停地想到。那干脆就说给我听听吧。当然，边说话边走路，人很容易累，那就多休息几次吧。我很喜欢爬山，就当搭你的便车，多听几个小故事来解闷。所以，你想要休息，或者想让我背行李，都随你的便。”

“这些故事根本没那么愉快啦。”

"这我早就心里有数。车站那次的火药味真浓啊。"

他这么一说，我就没办法拒绝他了。

"我知道了。那我的请求就是，前田先生你要走在我前面。我走在前面，前田先生来配合我的步伐可能对我们两人都更加轻松。可前面根本见不到一个人，还要我不停地说话，看上去实在太傻了。我累的时候也拜托你陪我休息。还有，要是我说累了，前田先生你也说点什么给我听听吧。我们要是都不说话，我一定又会去想那些恼人的往事。关于山，关于公民馆，什么都行。"

"好。那我也只能说些无聊的事了。我们出发吧！"

扔掉空的便当盒，在地图上确认过路线之后，我们向第一个目标——硫黄岳进发。

走这条路线，算上这次已经是第三回了。

第一回是短大一年级的时候，山岳同好会的夏季集训。当时我已经有在附近爬过好几次当日来回的经验，但需要过一夜的纵向攀登还是第一次。这对于登山入门是再合适不过的路线了。

第二次是翌年，短大二年级的夏天。我和希美子两人来到这里。夏季集训爬的是枪岳，可我们无论如何都想来这里——为了给仓田学长建墓。

仓田学长病倒，正是我们第一次夏季集训的一个月之后，我和他一起参观美术馆的时候，他倒在了香西路夫的画前，就是东京的国立美术馆。你知道《未明之月》这幅作品吗？因为在我们镇上看不到这幅画，所以仓田学长不顾身体不适，一定要去那里看。

在画前倒下的学长，脸色发青，流出了鼻血。

尽管当时美术馆的职员叫来了救护车，把学长送到了医院，可我手足无措，只能给同好会的另外一个学长——浩一的公寓打去了电话。因为我们初次见面时，我就不小心把他叫成了“爸爸”，因为这件事，我受过他许多照顾。

他是著名建筑家的儿子，听仓田学长说，我们参观的美术馆就是他父亲设计的。

所幸，浩一就在公寓里，很快就来到医院，还和仓田学长的老家取得了联系。那天我和浩一两人尽管一直身在病房外，却牵挂着仓田学长。

翌日我们听说了病名，因为仓田学长的父母也来到了东京。

急性骨髓性白血病。

你一定听说过吧？有部风靡一时的电视剧主人公得的就是这种病，不过我虽然知道这病名，却不知道病因，也不知道会有什么症状。我当时每周都守在电视机前看，还以为这只是演戏，而这种病根本就是虚构的。身边竟然会有人得这种病，我根本想都没想过。听到病名的那一瞬间，我根本不想把两件事画上等号。

因为，电视剧的女主角到最后还是死了呀。

急性骨髓性白血病，是一种身体无法造出正常血液的病，具体的致病原因还不明。仓田学长从小就没有得过什么大病。实际上，同好会的女孩子也公认他是最有活力的，“累了”这种话，从来没有听他说过。

治疗方法，只有骨髓移植。而且并不是随便哪个人都行的，必须要抽血检查白血球型，找到合适配型的人才能够移植。

匹配率方面，父母和兄弟大约有四分之一，但在其他人之中只有几千、几万分之一，概率极低。仓田学长的父母、弟弟和他的白血球型都不匹配。

剩下的方法，只有在几千、几万分之一的概率下寻找合适的捐献者。我和浩一分头联系宿舍的同学和山岳同好会的成员，说明情况后，请求他们接受配型检查。大概是因为仓田学长很有人望，大家都爽快地答应，就连刚回老家的人都连忙赶来医院。

当然，希美子也一样。希美子和仓田学长是同乡，十分仰慕学长。因为我们当天没有联系她，她还大发雷霆。

可是，一个适合的人选都没有。

我们号召的范围越来越广，就连整个学校都发动起来，但依然没能找到合适的配型。

需要寻找的，还不光是捐献者。因为体内无法制造正常的血液，所以还必须输血。

仓田学长是AB型。

我是O型，就是所谓的可以输给任何血型的那种。尽管当不成捐献者，可我还想能不能帮上一点忙。可是，这种病很复杂，医生说必须同种血型的人才可以。

浩一也是O型，他也帮不上忙，很不甘心。

他家人的血液也各不相同。

一次输血需要四个人，身边好不容易能凑齐这几个人。其中一人就是希美子，她也是AB型。

每周一次，为了给仓田学长输入健康的血液，她放弃了最喜欢的点心，开始认真地吃肉和蔬菜。有几次凑不齐四个人，只有三个人去献血时，她甚至连走路都摇摇晃晃。她总是说，比起仓田学长所受的痛苦，这点算不了什么，从来没有叫过一声苦。

这种说法可能不够慎重，但其实我很羡慕希美子。

在希美子坚强奉献的阴影下，我和浩一却什么都做不了，只能互相吐吐苦水，结果竟让我们之间的距离缩短了。

有一件事，让我们都觉得在一起仿佛是命中注定的。

不好意思，我边说边走，实在是太累了。我们一口气爬上硫黄岳之后再慢慢说好吗？

从美浓门户到硫黄岳的这段路线，只需要一个劲儿爬上树木丛生的一条坡道。不过最耗费体力的，竟然就是不停地说话。前田先生说："我也正好准备休息一下。"这时我才发现，在脑子里随便想想，和说出口之间，二者在体力上的消耗简直就是云泥之别。

前田先生为自己这个无理的要求道歉，并说这次让他来讲几个故事，可我连随声附和的力气都没有，拒绝了。喝了点水，深呼吸，给脑袋送些氧气。我默默地跟在前田先生后面，汗流不止地一路爬到硫黄岳山顶。

还差一点点。

第一次见到驹草就是在硫黄岳，在从山顶稍许向外伸出的山脊一面盛开着。尽管很小，却有着凛冽的深粉色——高山植物的女王，仓田前辈一般的花。

越接近山顶，树木也越矮小，露出凹凸不平的岩石表面。之前来到这附近的时候，可以看见开着一大群可爱的高山植物，黄白相间。当时我还一一画到了记事本上，为了一下山就涂色，我还仔细作了记录，决定下一次要带速写本上山。

可是，现在却连一朵花儿都看不见。就连花期比驹草更晚的花，也早已消失了。

“前田先生，根本就没有花还开着嘛。”

一路不说话让我保存了相当多的体力，我对走在自己几米前的前田先生说。

“才没有那回事。”

前田先生停下脚步，指着岩石说：“你看。”我仔细一看，岩石与岩石的夹缝间，开着一朵黄色的龙胆花，是当药龙胆。

“这确实是花，但这是报秋的花啦。驹草真的有可能还开着吗？啊，不过，既然这么难得，请让我画下来。”

我在书上见过这种花，实际看到还是第一次。

“不愧是绘画教室的老师。时间有的是，请随意。”

前田先生来到另一片岩地，坐了下来，从上衣口袋中掏出了香烟。

我放下登山包，取出速写本，开始勾勒当药龙胆。尽管颜色与形状都大不相同，但我想起希美子寄信来的那一天的课题花也是龙胆花。昨天是波斯菊。因为我走得急，一到家就把波斯菊丢在厨房的水桶里了。不过不用担心，母亲一定会好好整理的。

画完了。颜色可以在休息所上，回程时就行。我合上速写本，前田先生正把一支烟摁熄在便携式烟灰缸里。

“上的哪个美大？”前田先生问。

“不，我上的不是美大，是S女子短大的英语系。这本来是为了方便找工作，可最后竟然在画画，真是不孝顺。”

我边回答，边背上登山包。把一度放下的包再背起来，至少感觉重了一倍半。不过，很快就到山顶了，坡度也变得更平缓。

“在看到驹草之前，我还有一些事情想问你，所以现在开始继续说哦。”

前田先生说了句“别太勉强”，就迈开了步子。

小学时，我得过好几次写生大赛的奖状，可我从来没觉得自己是那么擅长绘画。鼓励我继续画画的，就是浩一。

浩一提议说，把集训时画在速写本上的高山植物重新仔细地画在专用纸上，寄给仓田学长，他一定会高兴的。也不知道他是不是会真的高兴，但有力所能及的事，我都愿意做。

当时的仓田学长，已经时常说，大概我是找不到什么捐献者了吧。他几乎丧失了生存的希望。所以我画画就是为了让他有重拾健康、想去爬山的念头。能不能不要当做画，而是当做活生生的花来画呢？尽管这是虚幻的，但能不能表现出在纸上永远生存的坚强呢？一幅又一幅，我仿佛把我的灵魂都倾注了进去。

学长收到之后，特别高兴，还说：“明年的夏天真想和大家一起再去一回。”

就在一个月后，仓田学长去世了。

直到他去世前一天，希美子都坚持在输血，她抱紧仓田学长，泣不成声。比学长的家人的哭声更悲切。她为学长做了那么多，是有那样大哭的权利的。

可我却没有那种权利。画几幅画，不过是我的自我满足而已。那可能只会让失去生存希望的学长更加哀伤。尽管如此，他直到最后都对我如此温柔，让他为我费心了吧。

我这么想着，一个人一定是无法承受的，可狡猾的我，去找那个唯一能倾听我的人哭诉了。浩一说，我已经尽了全力，没必要后悔。从那天开始，我每周有一半以上的时间都在浩一的公寓中度过。

希美子她也那么喜欢浩一，一直都坚强隐忍的希美子，才是真的需要支柱的人啊。

我被希美子骂了个狗血淋头，甚至说我是利用仓田学长病情的最差劲的人。她说得对。我一直以来都只为自己考虑。

可是，不论她怎么骂我，我也不可能和浩一分手。我抓着希美子的手道歉。不论什么，不论什么我都听你的，这件事一定要原谅我。

仓田学长病倒前没几天，希美子就曾经说过这事。浩一还是仓田学长，不允许我把他们两个独占，从他们之间选一个。如果不行的话，就说出自己想被他们两人中哪个选择。

小纱被浩一选择了，而我陪伴仓田学长走到了最后。就是这回事吧？

希美子说着，原谅了我。

快到了呢。前面开了好多花，能去看一看吗？

连枯萎的驹草都没找到。驹草开得那么美丽的地方，现在只剩下粗糙的石块，那真的只是一阵幻影吗？

仓田学长不在这里。

我到底是为了什么才来到这里的呢？我浑身乏力，跪了下来。

前田先生应该会问我怎么回事吧？可回头一看，我才意识到他根本没有跟过来。他已经坐在写着“硫黄岳山顶”的路标前，十分悠闲地点起香烟来。我一开始就不相信这儿会有驹草。

我燃起了怒火，直起身子，逼问前田先生。

“前田先生，你骗我吗？驹草根本哪儿都没有。连这儿都没有，还会在哪儿有？”

“我只是提议爬一趟赤岳吧。想走这条路线可是你说的，可光是硫黄岳没有，你发火根本没找对方向嘛。”

确实如此。就算这样，在赤岳就绝对能找到吗？唯一可以考虑的，只有赤岳附近的休息所那儿，有可能种着温室栽培的驹草吧。可是，温室中的驹草，并不是仓田学长。

我到底是想见到驹草，还是想见仓田学长呢？

“如果到了赤岳，发现我真的是在骗你，到时候我会好好道歉的。”

“不好意思……我们吃午饭吗？”

我放下登山包，取出母亲让我带来的饭团包裹。六个用铝箔包起来的三角饭团，调味种类上写着什锦。

“‘竹野屋’的饭团你吃过吗？”

“经常吃哦。去吃晚饭的时候，经常会带几个夜宵吃。”

“喜欢什么味道的？”

“鲑鱼、干鲣鱼，还有绉纱山椒鱼。”

“我喜欢梅子、昆布和蜂斗叶味噌。正好是这六种呢。”

我把前田先生喜欢的三种饭团递给他。母亲做的菜，哪怕只是捏个饭团都特别好吃。我不想再让母亲难过了。那只需要我别说出口就行。只不过是增加了一个秘密，但并不是零到一，而是一个到两个。

前田先生一转眼就吃完了饭团，他从包里取出组合炊具和燃气喷灯，看上去是要煮咖啡。“要糖和奶吗？”他问我。我喝咖啡糖和奶都放，可他自己却只喝黑咖啡，难道他是专门为了我才带了牛奶和砂糖吗？

尽管没必要刻意道歉，可我还是从包里取出了放着金锷烧的纸袋，递了一个给前田先生。鲜奶油味——波斯菊依旧很没人气。

“还是要说声对不起，我很期待赤岳的驹草。还有，这么难得，我也很期待漂亮的红叶。所以，我能再请求一件事吗？”

“请说。”

在山上喝的咖啡要比平地上香十倍。和“梅香堂”的金锷烧搭配起来，简直是人间美味。

现在，就在这儿说出口吧。

希美子在车站时，说浩一现在受着和仓田学长一样的痛苦，你还记得吗？急性骨髓性白血病。

我，和浩一的白血球型是相同的。

第五章

✿ 雪的决意

夜空沉重得令人窒息，月亮不知何时变得如此虚无缥缈。照亮前方的只有一丝淡淡的光芒。我不停地踩着自行车的踏板，都到不了我想到的地方，车轮仿佛一直在原地打转。

而我只是想见一见和弥而已。

哪怕森山清志君带着我到医院的时候，和弥就已经远去了也好。就算我抱紧他满是伤痕、已经冷去的身体，一遍遍地喊他的名字，他也没有回应，不会再握住我的手，仅有一副空荡荡的躯壳也好。就算如此，我还是想和他在一起。可最终竟然是被警察叫去，听了阳介的证言，才知道和弥的死讯。

当时前往美术馆的建设规划地雨降溪谷的只有和弥、阳介和森山君三人。他们打算对照图纸进行测量，之后再到可以瞭望建筑物整体的地方走一走。提议要上御笠山的就是和弥本人。

登山时，不仅什么装备都没带，当时的天色也很奇怪，中途就下起了雨。阳介反对说，太危险了，还是改日吧。可和弥毫不示弱，只要不爬到山顶就没问题，这是小学生都能来游玩的山，没必要带什么装备。

——你连怎么爬山都忘了吗?

就这样，和弥甚至不惜挑拨阳介。而学生时代，与和弥同样参与过山岳部的阳介，认为既然话说到这个地步，就决定一起上山。

可是，开始登山不到十分钟，天就开始下雨了。阳介提议还是折返比较好，可和弥坚持说，还剩十分钟就能到达河川沿岸的岩地，还是去了再说吧。于是三人前往岩地。

到达岩地的时候，开始起雾了，视野变得越来越差。可和弥说要拍照，只要开闪光灯就没问题，接着他偏离了步道，走向一片向外突出的岩地。

——这儿是雨降溪谷，所以一定要把握雨天的情况，把设计图重新确认一遍才好。

他说着就取出了照相机。从岩地探出身子的那一瞬间，他的脚滑了一下，坠落到了涨潮的河中，被冲走了。虽然身上也有碰撞的痕迹，但实际死因是溺死。

我根据听到的这些信息，想要在脑中重现当时的情境，却怎么都做不到。和弥不可能说出那种话来的，也不可能如此蛮干。何况，不光是他自己，还把其他人卷进去，这一切的言行都与和弥的作风不符。

阳介这不是在说谎吗?

我问警察，难道不该怀疑阳介的证言吗？可警察很快否定了我。因为有一个证人。攀登御笠山的，并不是和弥与阳介两人，而是有三个人。

森山君和阳介的证言是相同的。

我与和弥、森山君三个人一起去雨降溪谷那次，很明显森山君从心底仰慕和弥。要说森山君包庇阳介而说谎，这不太可能。

而且，不管阳介的证言是否真实，和弥已经去世的事实也不会改变。

因为图纸设计一事去责备阳介那次，阳介说，和弥没有把建筑地点多雨的情况考虑在内。可能就因此，和弥偏要挑一个下雨的日子去观察一下，这才硬要上山的。

在警察面前，我可以接受这种说法，可我忽然涌出一种感觉，如果不能让和弥当场说清楚，这事就不算完了。

阳介在和弥的葬礼上，在众人面前还是那么说。

——我阻止过他好几次。

他用更大的嗓音重复这句台词。

没有人，甚至连我，都没有指责阳介的意思。警察已经判断他为意外死亡，可阳介不断重复“我阻止他了”实在是太过分，吊唁者中甚至有人开始耳语：“高野先生其实是自杀吧。”

和弥所画的参赛图纸，竟到了阳介的手中，以事务所的名义投稿参赛这件事，不知是被北神建筑事务所的人，还是镇政府中的人泄漏了出来。

所以阳介想必也是怒火中烧。远道而来的和弥亲属回去得比较早，不知是不是因为喝了点酒，阳介就更加毫无顾忌了。在本地集会所的餐桌上，阳介的话也越来越难听。

——又不是我的错。那家伙是自己爱出风头，就算死了也是他自己的错。

我已经无法原谅他了，竟然在和弥的葬礼上，这样蔑视他。

——你适可而止一点！哪怕你把和弥的图纸偷了，他也还不是为了美术馆能造得更好，拼命帮助你吗？

我一开口，头脑中忽然一片空白，接着，那些仿佛不属于我的憎恶言语，从身体中喷发出来。我记不清自己到底说了些什么，似乎连“杀人犯”这种话都说出口了。

尽管我不记得自己的状态，但周围人的反应，如同电影一般，不可思议地印在我的脑海中。

住嘴！夏美死命地抱住我。

我告你损害名誉！舅舅大声怒喝。

在一旁看着的舅妈惊惶失措。

接着——

还不快道歉！我已经被夏美抓紧，动弹不得，这时母亲抓住我的手臂，泪流满面地叱责我。

父亲以身体不适为由根本没参加女婿的葬礼。我还不如干脆晕倒或者疯了的好，可我全身都充满了厌恶感，只想吐出来。这个世界上根本没有人站在我这边。我当做自己人的那些人，全都亲身上阵给我上了一课。

当时唯一鼓励我的只有森山太太，清志君的母亲。

——大家不好意思了，集会所的使用时间到九点半结束，能请大家退场，我们也好收拾一下吗？

她说着，态度强硬地把所有人都赶了出去，最后一个人留下，给我泡了一杯热茶。

——高野先生是个了不起的人。

就这一句话，让我多活了三天。

不知怎么的，目的地总也还不到。我本以为大概会比开车慢两倍，可明显要花更多的时间。但我已经没必要着急了。我已经没什么想做的，也没什么必须要做的事了。

该做的都已经做完了。

家里也整理得干干净净，想要打声招呼的人基本没有，打来唁电的加代，我也已经写信回礼了。我写信的时候，忽然想起，事故前一天，和弥似乎在深夜还写着些什么。

莫非，是遗书？

我本不愿意去想，但遗书这个词出现在我脑海的那一瞬间，当时的吊唁者们轻声念叨的“自杀”这句话，在我的耳中重现，怎么也挥之不去。

和弥如果真是自杀的，那么原因一定是阳介改换了设计图的署名。要是我没有对夏美多嘴，说出不该说的话，就不会发生这种事了。不，和弥对自己设计的美术馆，一定会态度更加积极一些。那么，难道是他发现了旧图纸上有我弄脏的咖啡痕迹，认为是我干的？如果就连我都站在阳介那边，和弥觉得我背叛了他……

我越想下去，就越觉得和弥的死原因在于我自己。

如果真的有遗书，那上面会写些什么呢？我很害怕知道，却说服自己，不管有怎样的真相，我都要默默承受，于是我诚惶诚恐地打开了和弥的书桌抽屉。可是，根本没找到遗书一类的东西。

最上面放着的是笔记本上撕下的一张纸。不只是那天晚上写的，还是更早之前写的。但我看了那张纸，才真正了解自己真的做什么都帮不了和弥。

如果没和我结婚，和弥一定能拥有更幸福的人生。我这种人根本不要存在这个世界就好了。

尽管我这么想，可我依然祈求可以去到和弥的身边。如果我真的去了，和弥一定也会温柔地迎接我。

终于，我来到了雨降溪谷。

我不打算锁自行车了。这辆车还没怎么用，我本想把它送给别人的，可没有它，我也到不了这里。我也考虑过坐计程车，可这么晚，一个女人要到雨降溪谷去，司机一定会觉得我很可疑吧。要是能坐在自行车上一路骑到和弥身边就好了，我想。可前面的路很难走。

我从自行车篮子里取出背包，又从里面找到了手电筒。月亮恐怕不会为我这种人照亮行路吧，于是我带了手电筒。我与和弥两人牵着手走过的那条小路，如今只有我一人在行走。

不害怕，不害怕，害怕的时候只要唱歌就好。

与和弥一起唱过的那几首关于月亮的歌，我一路放声歌唱。

我来到河边，在狮子岩面前解开包袱布，铺在地上坐着，从暖水瓶里把咖啡倒进杯盖中，打开包着两个金锷烧的纸包。

“和弥，茶点准备好了哦。”

没有人回答我。我本来还抱着一点淡淡的期待，期待来到这里的时候，和弥能来迎接我，可我感觉不到一点他的气息，就连月亮都藏了起来。

我把自己的金锷烧干净地吃完，又喝光了咖啡，接着把和弥的那一份漂进了河流。

那么，我现在就去见你……

我听到了人的声音。可是，却不是和弥的声音。不是“美雪”，而是一男一女称呼着“高野太太”。

我睁开眼睛……眼前是一片白色的天花板，茶色的痕迹斑斑驳驳。这到底是什么地方？

“她醒了。清志，快去叫医生来。”

当时喊我名字的那个女人说话了。我稍稍扭头，在模糊的视野中，出现了森山太太的脸。

“太好了，真是太好了。”

她抽泣着，用搭在脖子上的毛巾擦拭眼角。似乎，这里是医院。可是……

“为什么森山太太您在这儿？”

森田太太从包里取出面巾纸，擤了擤鼻涕，仔仔细细地把至今发生的一切都说给我听。

昨晚，清志君从事务所回家，很正常地吃饭、洗澡，在房间休息。可忽然，他换上了外出服装要出门：“我现在要去一趟高野先生家。”森山太太劝他说：“已经很晚了，明天再去不行吗？”可他说了句“不，今天一定要去”就跑了出去。可没到十分钟就回来了。

他说，太太不在家，家里没开灯，连自行车也不见了。

经历过集会所骚乱的森山太太，知道我不可能这时候去拜访别人家。总而言之先找人，她从家附近到金合欢商店街，一直找到车站附近。和清志君正准备分头去找的时候，遇到了从商店街聚会刚回来的“梅香堂”老板，听老板说，我傍晚刚来买过金锷烧。

——太太说，至今以来都对我这么亲切真是谢谢了。之后她就回了家吧。

老板的这句话，让森山太太和清志君同时发出“莫非……”的感叹。接着，清志君想到“会不会是雨降溪谷呢？”问附近的人借来汽车赶到溪谷，果然看到了我的自行车。

“这么晚一个人去那种地方，也太危险啦。”

“对不起。”

“不过，你竟然能骑着自行车去那么远的地方。我记得你光是骑到商店街都摇摇晃晃的。”

“……真的给你们添麻烦了。”

我还记得自己跳入河中。现在我穿的是浴衣，我本来穿的衣服一定已经湿透了，一定是她为我换了衣服。可是，森山太太对我所做的事情什么都没说。这真是很体贴，但反过来，又让我觉得特别对不住她。

别把性命当儿戏！这样教训我的话……不，如果真是这样，我一定会反过来责备森山太太多管闲事的。

我恐怕会说，为什么不让我去见和弥！

她已经看透了这一切，只是把我当做一个莫名其妙随便出走的孩子吗？

“不过，你不能再乱来了。因为这不是你一个人的身子。”

森山太太的口气里带着强硬。她这是什么意思？明明已经没有人比我更孑然一身了。

“放心吧，宝宝没事。”

“您是在说谁？”

“当然是在说你啦。难道说，还没有发觉吗？”

宝宝，我在脑袋里默念了好几遍。

“我真的，怀孕了吗？”

“医生刚才可说得清清楚楚呢，母子平安。对了，不知道清志怎么搞的，我先去看看那边的情况，你一个人没问题吧？”

她要是不盯着我，一定还担心我会做傻事吧？可是，现在的我已经没有精力去想那么多了。我默默地点了点头，森山太太说了句“我很快回来”，就走出了房间。

我的肚子里有个宝宝，和弥与我的宝宝。这几天我觉得很不舒服就是因为宝宝吗？刚结婚那阵，我只要有点累，就常常会觉得不舒服，还以为是妊娠反应，激动地去说给和弥听。可好几次都被这种期待背叛，我连妊娠这个词都几乎忘记了。

没想到，却在我追随和弥寻死的时候得知这个消息，竟然直到和弥去世之后才察觉到怀孕。我们两人之间的夙愿终于实现之时，却已经不能分享喜悦。如果我能早一点察觉自己怀孕，告诉他的话，他该有多高兴呀。

不，他可能早就已经发现了。

在书桌抽屉里的那张纸，果然就是和弥在去世前一天晚上写的。那上面随意地写着几个名字。

正和、良和、宏和——生的如果是男孩，就从自己的名字中取出一个字。但女孩子的名字里，却没有从我的名字“美雪”中取字出来。

纱月、奈月、叶月——共通点就是“月”这个字。一瞬间，我想到这有可能是取自香西路夫的《未明之月》，可看到纸的背面，有几个字被圈了起来，我才恍然大悟。

雪月花——亲子的名字如果能连成这么美的一个词，该是多么美好的事啊。

延续……继承着和弥血脉的孩子就在我的腹中。

门开了，森山太太和清志君走了进来。

“太太，医生和护士现在都忙得不可开交，请再等一会儿哦。”

森山太太说。清志君对我点点头，似乎在犹豫该说什么。

“森山太太，清志君，你们救了我，真是太感谢了。我再也不会去想这种傻事了。”

清志君不禁呜咽起来。他流着泪，双手遮脸，仿佛要把呜咽声压回身体。

“哭成这样怎么行呢？”

森山太太说着，从脖子上取下毛巾，从手的缝隙中擦拭清志君流出的泪水，而她也已然热泪盈眶。

望着他们两人的泪水，我的眼中也流出了热泪。我右手握拳，用手背擦了擦。

想要把肚子里的孩子平安地生下来，把和弥的孩子培养得像他一样出色，这是最没有必要的东西，也是最碍事的东西。

我不需要眼泪。我要变得坚强，变得更坚强，更坚强，更坚强！

✿ 月的决意

在一片纯白的浓雾中，我踏着凹凸不平的石块前进，前方不知会遇到什么。到底还能不能到达目的地呢？我能寻找到一路探索的答案吗？

在这条不小心偏了几米就有滑落危险的路线上，能像这样边想边走，是因为前面有一个比自己更了解山，值得信赖的人吧。如果前面的人换作希美子，我就不敢这样了。

和希美子一起走这条路的时候，天空湛蓝，四周三百六十度的青色都清晰鲜明，完全没有什么顾虑。因为这是曾经走过的路线，就算眼前看不清，也大致可以知道很快就能到达休息所。如果是第一次来，那岂不是要心慌不已？

忽然，前田先生停下脚步。是鞋带散了吗？还是在确认路线呢？可前田先生却背对着我，保持着停止时的姿势一动不动。

“前田先生，出什么事了吗？”

我压低声音问，仿佛他发现了什么珍稀动物。可他没有反应。

“前田先生！”

我提高嗓门，前田先生这才惊讶地回过头。

“出什么事了吗？”

我又问了一遍，可他还是没反应。不过这次，他应该听清楚我的话了。他看上去正在思索着，似乎是在考虑该怎么回答我。

“大概，就是这附近了。”

前田先生小声嘟哝。

“啊？”

是说驹草吗？我低头看看脚下，似乎没有驹草的痕迹。

“上次我来这儿的时候，就快爬上赤岳山顶时，忽然遭遇了一阵暴风雪，我想赶紧冲上山顶休息所的时候，却陷在大雪中不能动弹了。”

说到扫墓的话题时曾经提到过遇难这回事。的确，光是浓雾影响视线就已经让这条路很难走了，可那次不光是路标被雪覆盖，还受到暴风雪的袭击，走偏了路线都不奇怪。

“有谁和你同行吗？”

“没有，我一个人。”

“那……”

“你的表情别一副感叹悲壮的样子啦。我当时的状况也不是最糟糕的，现在我站在你面前就是最好的证明。”

这我都明白，可还是如释重负地叹了口气。什么都看不见的状态，而且被埋在冰冷的雪地里浑身不能动弹，真不知有多恐怖。

“你是怎么获救的？”

“我后面的一队大学生到了休息所之后，发现我不在了。当时暴风雪也已经停了，他们和休息所的人一起把我救出来了。多亏他们，我还能再来这儿。”

“他们能发现，真是太好了呢。”

“好像是有人想问我讨支烟抽。”

“香烟吗？”

“我和那队大学生本来一起在硫黄岳的避难休息所，那四人中的一人本来决心上山路上不抽烟，可看见我抽了一支，就无论如何也想来一支。他打算一到休息所就请我分一支给他的。”

“竟然这样才……发现你不见了呢。”

我又冒冒失失地说了不该说的话。

所以他每次停下来都一定会抽一支烟呢。

我一直以为前田先生只是个老烟枪。没想到，对于前田先生来说，在山上抽烟或许有着特别的意义，所以在那些困难的环境中依然会抽上一支。

对于一个最近两天才亲近起来的陌生人，或者说，我作为一个从未经历过生命危险、完全置身事外的人，说这种话总归是不妥当的。

前田先生把手伸进雨衣口袋。

“等一等，还是到了那儿再抽烟吧。虽然前面看不清楚，可我们都一路到这里了，还有不到十分钟就能到目的地了，还是一口气爬上山顶吧。”

“说得对。”

前田先生又抽出手来。

“那么干脆，我来唱首歌吧？百惠之类的。”

“为什么？”

为了把“我们在这里”的信号，让其他登山者注意到，这是代替前田先生抽烟的做法。他本该让我痛快地唱一首的，可又为什么明知故问呢？

“没什么啦。只是觉得，唱首歌心情比较好。”

“这儿的视野很差，只能靠耳朵。要是唱歌的话，会注意不到落石的声音。”

我又犯糊涂了。同好会的学长们早就已经在讲义上教过我了，可我却完全没记在脑子里。

“是吗？对不起，我本来就是心血来潮，可现在这样反而更好。其实，我虽然喜欢唱歌，可总也唱不好。”

“真是太遗憾了。你好不容易下决心，早知道能听你唱首歌就好了。那个，其实我不该和你提什么遇难的话题的，只会让你心思更乱。不好意思，不过我抽烟并不是为了避免灾祸什么的。”

前田先生说完，又背对我，向前迈开脚步。

我的想法，他全都看透了。我还以为遇难的地方让他回想起当时的恐惧，他才停下脚步的，可似乎不是这样。离目的地还有几分钟就到了。离我下定决心也只有……

他是为了在背后推我一把吗？

我越向前走，浓雾就越消散开去。

就算是相同的距离，能看得见目的地和看不见目的地，这两者间的疲劳感也是截然不同。看不见目的地的话，就要作好长期战斗的准备，不得不保存好体力，身体多耗费一点能量都觉得可惜。尽管知道还有几分钟就到了，可还那么吝啬体力，大概是因为脑子里仍然有着万一出事的假想吧。

尽管还没到身体极限，可呼吸已经相当急促。但当休息所模糊的影子出现在浓雾中时，我心想，还剩几十米了，干脆冲上去吧。力量忽然从身体中源源不断地涌出。

我不禁哼起了歌来。

前田先生停下脚步，回过头。休息所就在我们眼前了。没什么需要提醒我了吧？还是惊讶于我哼的歌太难听吗？

"'要是金合欢小姐的比赛上有歌唱审核……'你千万别说这种话。"

"啊？"

我先发制人，可似乎没什么效果。

"不好意思，有什么事吗？"

"我只是想问你，先上山顶呢？还是先进休息所呢？"

"什么嘛，要问先去哪里，那当然是先去看驹草了。"

"那，这边走。"

前田先生没朝山顶方向，反而朝休息所走去。果然，休息所里面可能种着温室栽培的驹草吧？何况，前田先生已经进入了休息所。

"在里面吗？"

我在身后问他，他也不回头，只是把登山包放在地上，走向柜台，我也跟着他一样做。

柜台对面的小屋主人一见前田先生，就"啊啊"地提高嗓门，而前田先生道谢说："上次真是承蒙您照顾了。"可死不悔改还在爬山呢，前田先生和小屋主人聊了起来，我环顾了小屋全貌。

和五年前完全没有变化。

我当时正喘着粗气，而身后跟着走来的希美子说着“啊，到了到了！”仿佛只是在周围散步了一圈，一点儿都不累，嗓音也是那么悠闲的样子：“那么，我们接着干吗？”

我们在谈话室的一角煮了咖啡喝。接着——

“我带来的这个女孩想看驹草呢，现在还有吗？”

我一听到驹草这个词，又转身向柜台。

“有啊，还是全都在老地方呢。请一定来看看。”

小屋主人的话让我的心怦然一跳。原来真的还有驹草。

“既然说有，那就去看看吗？”

前田先生回头说。这时，小屋主人与我眼神相遇：“咦？”看来刚才我一直站在前田先生身后，他没看清楚是我呢。

要是能更早来一趟，我就能好好说声谢谢了。

不过还得先看驹草。

向小屋主人点了点头，我脱下靴子，跟在前田先生身后，穿过走廊，进入了一个铺着榻榻米的谈话室，最深处有一排大玻璃窗，天气如果够好，一定是眺望美景的绝佳地点，可惜大雾还没有完全散去。

这里也和五年前一模一样。我环顾四周，想找找是否有盆栽的驹草，可怎么也找不到，我有点生气地望向前田先生。

前田先生不说话，伸出食指，指向上方。

我一抬头……

天花板上盛开着不少高山植物，一枝驹草正悠然地端坐于正中。

毫无疑问，那就是仓田学长。可是……

尽管放弃了为仓田学长建墓，可总想留下些什么。所谓的什么，大概就是能让人回想起仓田前辈的凭据吧，也作为我和希美子曾经来到这里的证明，可也只想出一些和我们言行不相符的怪点子。

也许，这纯粹只是我们到达休息所的时候，体力还剩下不少，感到有些无聊而已。现在才下午四点左右，时间十分充足。可要认真地讨论仓田学长和浩一，周围的环境还是有些恼人。话说回来，我们两个谁都没这个打算。

我们两人追忆着仓田学长，纵向走完全程，再为他建一座墓，接下来只需要整理各自的心情就好了。要是在中途，希美子问起浩一来，就告诉她，我绝不会放手的。当时我是这么想的。

“小纱，画一幅画吧。这次我们还没来过一天一请求呢。”

在谈话室的一角喝咖啡时，希美子忽然说道。她知道我带来了绘画工具。同好会集训后，我回到宿舍时，面对在山上速写下来的画，一边绞尽脑汁地回忆所见的景色，一边上色。“颜色要是在山上就涂上就好了。”提出这个建议的就是希美子。

可是，至今以来，希美子再怎么称赞我画得好，也从来没说过想要，或者让我给她画几幅。然而，用了一天一请求的话，我又不能拒绝。

“画什么？”

“仓田学长。”

希美子想的和我一样。我从放在房间里的登山包中取出绘画工具，回到谈话室。窗外，被夕阳染红的山峦连绵不绝，弥漫着一种庄严的空气，仿佛可以听见教堂的钟声。我觉得也确实该画仓田学长，可我不怎么擅长人物画。

尽管如此，我无论如何都想画。我回想着仓田学长清澈的眼神，用铅笔在速写本上开始勾勒，雪白的画纸上，竟浮现出一株驹草。我不禁松开了铅笔。

希美子就坐在一旁看我画，她看了一眼速写本，竟然没有问我为什么不是仓田学长而是朵花。

“你画的心总能左右对称，真好呀。我画心形总有一边会特别大，一点都不协调呢。”

我还在想她为什么忽然说出这句话，看到画面总算发觉了。把驹草分成许多部分看，就好像丝带围绕着心形的样子，一直到刚才我都只关注花的整体。

这株驹草上，花瓣开得满满的，我为组成心形的部分一一注入生命，仿佛要为它系上一条漂亮的丝带。全身心投入画出的这幅画，比至今以来画的驹草都更加像仓田学长。

“上颜色吧。”

用不着她说，我也正准备上色。我要让这幅画尽善尽美，要把我心中的那个仓田学长以直观的形式表达出来。

我把完成的这幅驹草交给希美子，她却说，把它留在这休息所中吧。这样的话，仓田学长也不会生我们的气啦。

接着她又说：“对了，小纱，也画个我吧。还有小纱你自己、浩一，同好会的大家都画出来吧。既然是画，当然要让大家在一起才好。”

原来如此，既然不是建一个人的墓地，那画谁都没关系。大家都在这里就太好了。

我又翻开速写本的另一页。

“我是又白又小的银莲花，小纱应该是信浓金梅吧？黄色系的感觉。”

“等一下啦，一个一个来。”

希美子说出一种种高山植物，我一幅幅画得入了迷。就连谈话室中的登山客把我包围，我都完全没有注意，只有手还在不停地动。其中有些花，叫得出名字却记不清是什么样子，在一旁看着的人打开便携植物图鉴，指着说是这个，我才画了出来。

“最后还剩浩一吗？乌头花就正合适。别看他一本正经的，其实里面都是剧毒呢。骗你的！开玩笑的啦。百合怎么样？橘黄色的车百合。”

车百合的话我不用照着图都能画出来，我全神贯注地下笔。

“真讨厌呀，花的时间比我的多了一倍嘛。这幅画完之后……小纱你也求我一件事嘛。比如说‘别让我画车百合啦’之类的。一天一请求原本就是仓田学长提出的建议，我一定会照你说的做的嘛。”

希美子说着，听从了我的请求。

一天一请求，我和希美子从来都没有说过要让它结束。毕竟这是仓田学长提议的。既然这样的话——

这些画都完成后，我们向休息所主人请求能否把它们都留在这里。“真的可以吗？”他答应了我们。尽管我知道画就留在这小屋之中，却没有想到竟然放在这种地方。我们没有刻意要求，可仓田学长依然被大家包围在中间。

不过，却不见车百合。

“我果然是个大骗子吗？”

前田先生对着呆呆望着天花板的我说。该怎么回答呢？我词穷了。如果说，这是别人所画的，我又会怎么想呢？

什么嘛，这些不都是画出来的吗？前田先生你骗我。大概已经这么说出口了吧？

“我被救到这儿，睁开眼睛的时候，最初看见的就是这个。当时我想，为什么天花板上会开着花呢？一时之间都没有意识到那其实是画。”

前田先生说。失望的理由、责备前田先生的理由，早已消失不见。

“不，我已经见到仓田学长了，谢谢你。”

“那就太好了。我还怕你到了山顶会狠狠揍我几拳呢，一路心惊胆战的。”

不知是在说笑还是真心的，前田先生一脸如释重负的样子，从口袋里取出一支烟，望着天花板上的驹草，又把香烟塞回了口袋。

眼前是一片闪耀着淡紫色的云海，从这儿可以看见富士山。我们在写着“赤岳山顶”的标示前坐下，不知已经过了多长时间。前田先生从休息所出来之后，一句话都没有说过，已经到了第三支烟。

我为该不该告诉他那幅画是我画的而烦恼不已，没想到那时窗外的浓雾已经散去，云海在夕阳照射下，呈现出一片橘黄色。这么壮观的景色，隔着窗子看实在是太浪费了。“我们去山顶吧。”正当我们走出谈话室的时候，小屋主人也刚从柜台走来，他问前田先生：

“你们两个是因为那幅画才结识的吗？”

“不，只是同事而已。”

“那我多想了。我还以为前田先生一定是迷上了那幅画，给画家老师写去了慕名信什么的才认识了呢。”

小屋主人说着冲我一笑。我正想说，请别叫我画家老师啦，这才意识到问题还没那么简单。前田先生面对着小屋主人，一脸莫名其妙。

“我拿到画的时候，心想，画得这么漂亮，挂在区区一个休息所里实在是太浪费了。听说了传言，从东京赶来的出版社的人，告诉我想要用那幅车百合的画来做一个有名的作家的山岳小说封面时，我就想，是金子总会发光的，很是佩服呢。于是就赶紧联系了高野小姐，不，老师。后来出的画集我也买了呢。现在一定还在画吧？”

小屋主人对着前田先生说了好久，最后却又转而问我。

“我在做水彩画教室的讲师，一步步慢慢来……”

“那就好。”

说完，来了几个登山客，小屋主人又回到了柜台前。

“就是这么一回事。”

我看着前田先生。尽管眼神相遇，他却什么都没说。看上去不像是生气了，但也不是善意的表情。

我受不了沉默的气氛，连忙穿起靴子出发。休息所离山顶只有五分钟左右的路程，可我们之间的沉默还在持续。在这段时间里，云海已经从橘黄色变成了粉红色，又变成了紫色。尽管我这是第三次登上赤岳山顶，可还是第一次看到这样的景色。

“对不起，画那几幅画的人就是我，我应该早说的。”

“你不用道歉。我倒是想问，你说要上八岳的时候，就没有意识到我说的驹草可能就是你画的吗？”

“完全没有。”

要是我意识到了，还会来这儿吗？大概不会来吧。哪怕我想起自己还画过这种东西，也绝对不会是我来这儿的动力。我反倒不会想到驹草，而会想起车百合，说不定因此坚决拒绝这次旅行。

话又说回来，我怎么也不可能想到，前田先生竟然对我的画有印象。怎么可能有这种偶然呢？但眼前既然有这么如梦似幻的景色，就算有奇迹也不足为奇。我再次屏息凝视云海。

“前田先生，快看彩虹。”

在云海之中，彩虹架起一座桥，从赤岳一直连向富士山。

“雨刚停，当然会出彩虹。”

前田先生一手持烟，很平淡地说。对于自称雨男的这个人来说，也许彩虹根本就看惯了吧。可是，对我来说，眼前的一切都是一生所见最美的景色，要下决心只有这一刻了。

“我会去捐献骨髓的。我掌握着一个人的命运，却还在犹豫该怎么办，这件事本身就够奇怪了，但我终于下定决心了。一想到父母身上发生的事，我也许会后悔。可是，我能伸出援手却弃之不顾，我会更后悔，还不如救了他再后悔。我只告诉母亲要去捐献骨髓，就当捐给了陌生人。就说仓田学长那时，我接受检查的资料还留在医院，正好有个白血病住院的人和我的白血球型匹配，所以我接受了请求……这么说行吗？”

“你就不怕风险吗？”

“什么风险？”

“你连用什么方法、怎么提供都不知道，要是之后会有伤痕或者后遗症该怎么办？”

“那种事情我根本就没想过。事先想太多也没什么用。”

“真了不起。高野纱月真是了不起。”

难道说，刚才那是在称赞我吗？我十分高兴，并不是因为他称赞了我，而是他认真地叫出了我的名字吧。

我背着登山包，左手藏在身后，站在玄关前。右手一按门铃，母亲就跑了出来。一看到我，她松了一口气。原来她这么担心吗？

“我回来了。”

我伸出了左手。

“在山上采的吗？”

“怎么可能。山那边的特产是别的东西啦，我刚才到站就顺便去了商店街，忽然想买束花。漂亮吧？”

我把左手握着的蓝色龙胆花递给母亲。

“有件事我想和妈妈谈谈。”

我添了一句。可母亲却还没接过我手中的花。如果是平时，我还没伸出手，她就已经取走了。

“很重要的事吗？”

“嗯。”

她点点头，静静地伸出了双手。她没有接过花，反而握住了我的手。

“其实不用谈了吧，小纱你一定已经决定了吧？”

“为什么？”

“因为你都买花回来了嘛，和你爸爸一样。所以，小纱你决定的事情不会有错的。”

母亲握紧我的手，微笑了。一行清泪，从她的脸颊滑落。

我也热泪盈眶，强忍着心中的“对不起”，泣不成声。

✿ 花的决意

越过检票口，就看到两个熟悉的身影，是秘书和专务。前几天在H大酒店一无所获，仿佛就是那天的延长战，我竟然坐了早晨的头班电车来到这种地方，真想叹口气。

“上次真是失礼了。”

秘书十分礼貌地说着，向我低下了头。尽管依然没有笑容，但他的眼神笔直地望向我，和那天的态度完全不同。

“我们的车停在前面那个停车场，我来帮你提行李。”

这也过分周到了吧？不过也说不上有什么行李。只不过是一个挎包和“梅香堂”的纸袋而已。

“没关系，谢谢。”

我一婉拒，他就说了句“请便”，转过身去，目不斜视地迈开步子。专务跟在我身后前进。似乎不是很受欢迎，但还是被当做贵客，大概就是这种感觉。

我还想象自己会像好莱坞明星一样，坐上一辆全黑的轿车，可等到他们开门请我上车的时候，才发现是一辆适合山路的大型乘用车。我印象中那种欧洲古城一样的别墅，还是别妄想的好。

我和专务两人一起坐在后座，车启动了。

和我坐在一起的如果是恋人或者朋友、家人，我一定会感叹窗外的景色“哇，真漂亮”，不过这两个人全都是与我毫无关系的人。

“您是，森山先生吧？”

我对望着窗外的专务说。过了好一会儿，他回过头盯着我。

“你是问了谁？”

“从‘梅香堂’得知，我直接拜访了您家。扫墓这件事也一直想谢谢您。真是劳您费心了。”

尽管我已经打听过不少他和外祖父母的关系，但首先还是先道谢了。可专务——森山先生，只是轻声说了句“哪里”或者“不用”，我都有些听不清。不知是不是我的错觉，我总觉得他身上散发出的气息是在暗示“别跟我搭话”。

“树叶越来越红了呢。还有多久可以到呀？”

我开过口又沉默下去的话，空气就显得比原来沉重一倍，于是我问了些无关紧要的话。

“不清楚呢。我也是第一次来……”

“还有大约二十分钟。”

一声不吭开着车的秘书突然接过话茬。

“别墅是我父母造的，还没有招待过专务先生。因为这次是要约你来谈谈，又考虑到上次专务先生也一起见了面，考虑过后觉得还是请他一起来比较妥当。”

森山先生是乘坐另外一辆电车来的，只不过比我早了十分钟到站。原来他也是客人吗？既然是父母建造的，那在K建造的别墅里，一定聚集着和他有关的所有人，到时一定会说出真相。如果在推理小说中，这样的设定之下恐怕就要出几桩杀人事件了。

“我去见你的那一次，是瞒着家人的，但不知怎么的又被他们知道了，结果被狠狠骂了一顿。我反驳说，那你们也把事情真相解释给我听，结果就决定把所有的关系人全都请来了。”

可是，真相、关系人，到底是什么情况？

每年十月二十日，都有花束送给母亲，在母亲过世时，这个自称K的人还提出要对我家提供经济援助。我本来只是想向他借一些钱作为外婆的手术费用，但看上去，今天根本不是为了借钱一事来到这里的。

那，我到底是来干什么的呢？

K是谁，又和母亲有着怎样的关系呢？为什么要送花给她呢？而且，为什么直到她过世之后还是送来呢？

在K的公司担任专务的森山先生，曾经和外公共处一个职场，他曾受过外公多大的照顾，才让森山先生的母亲一次不落地去我家墓地祭扫呢？

我是为了弄清K和我全家的关系，才来到这里的。

可是，K已经不在这个世上了。那，到底是谁，以何种方式来说明真相呢？

……不，等一等。

K到头来是不是单指一个人呢？

我们到达了别墅。刚才打消了欧洲古城的印象真是太对了。这座木屋建造在眺望赤岳最绝妙的位置，与其说是别墅，还不如说是一座别具一格的山庄。如果我父母还活着，他们一定会对这个地方赞不绝口的……

秘书领着我和专务两人走进屋子，来到一间宽敞的客厅。客厅里有烧柴的火炉，墙壁上每隔一小段就等间隔地装饰着精心装裱的高山植物画，好几幅画的笔触都和我家的差不多，我本想一幅幅仔细地欣赏一遍，但很显然不是时候。

房间中央摆着会客用的一套沙发，有两位女士本来坐在那儿，一看到我和专务进门，立刻站了起来。

首先自我介绍吧。

“早上好，我是前田梨花。不嫌弃的话，请收下这个吧。”

我把纸袋递给面前的那位女士。

“谢谢。是‘梅香堂’的点心吧。我特别喜欢。”

纸袋和包装纸上明明都没有写着店名。她朝纸袋里瞧了一眼，微微一笑，然后打量我的脸。

“和小纱真像。”

她仍旧微笑着，眼中却涌出了泪水。我不知该如何是好，只能避开她的视线，却意外地和她身后一位年龄相仿的女士的眼神相遇了。她却下意识地躲开了我的视线。一瞬间，我感觉她似乎十分害怕，不知是不是错觉。

这两人对我有不同的反应到底是为什么呢？

“对了，我还没自报家门呢。”

微笑的女士用指尖擦着泪水说。

“我是北神希美子。”

这个人也是K打头。不就是“梅香堂”老板提到过的“纪美子[①]”吗？

---

① 原文为きみこ，是指老板只记得她名字的读音而不知道汉字写法，二者发音相同。

“我是小纱的短大同学，还是一个寝室的室友呢。”

希美子把她和小纱——我的母亲前田纱月、旧姓高野纱月之间的关系挑明了。

她们两人受同宿舍楼的仓田学长邀请，加入了W大的山岳同好会。在那里，她们结识了大她们两岁的北神浩一。因为初次见面，母亲就不小心把浩一叫成了“爸爸”，以此为契机，两人在交往中渐渐相爱了。

相爱了，竟然能用这么平淡的表情说出口，过去的人真可怕。

而希美子却比母亲更早地爱上浩一，看着他们两人日渐亲密，心中有着说不出的痛。但有一件事却让她们暂时顾不得这些。仓田学长因为急性骨髓性白血病倒下了。治疗方法只有骨髓移植，当时同好会的成员全都参加了血液检查，却没有一个是合适的配型。

“尽管仓田学长和谁都不能配型，但我们却发现小纱和浩一是同样的白血球型。”

几年前流行的一部电视剧里，主人公竟然患上了同一种绝症，但实际上，能和身边的人有同样配型的概率低至几万分之一。我光听希美子说，就觉得母亲和浩一之间，多少有一种命中注定的感觉，他们本人之间恐怕更加激动吧。

希美子接着说。

仓田学长没能救活。母亲的悲痛有浩一来抚平，而希美子的悲痛却没人来化解。希美子为了让自己从伤痛中走出来，也是从心底祝福母亲与浩一两位好友的幸福，就约了母亲去爬八岳——在与仓田学长一起攀登的那个山头，想为他造一座墓碑。

造墓碑这件事，因为中途意见不一而放弃了。作为补偿，希美子就请母亲画了一些画。就是装饰在这个房间的画。有好几年都装饰在山间的小屋中，到了别墅开始建造的时候，才取回来。

“登山的时候，我们有过一天一请求的约定。所以说，我总是让小纱画画，而小纱竟然让我对浩一死心。”

母亲总是凡事都很淡然，没想到竟然提出过这么沉重的要求。

故事从此告一段落，后来，希美子和母亲在余下的校园生活中，依然维系着友情。但有一天，母亲突然和浩一分手，也退出了同好会。希美子怎么问，母亲都不肯说出理由。希美子又去问了浩一，他也一味沉默地摇头。

她们两人从短大毕业，留在东京就职的希美子和回到老家的母亲之间的关系，也仅仅是贺年卡交往的程度。之后，希美子在仓田学长的三回忌辰法事上，与北神浩一再会，几次见面后开始了交往，最后结婚了。

“那时，我再一次问了浩一，为什么要和小纱分手。如果不告诉我，就不结婚。我怕他就此拒绝和我结婚，成天提心吊胆的。但要是我不问清楚，恐怕一辈子都会活在不安之中。”

“他，告诉您了吗？”

“嗯……我能说出来吗，妈妈？”

希美子对一位一言不发的女士说道，她也没有反应，直勾勾地望着墙上的画。那是百合花吗？

“她可是你儿子恩人的女儿啊。”

希美子说道，她终于微微点了点头。

“浩一的父亲和小纱的母亲其实是表兄妹。”

小纱的母亲，不就是外婆嘛。

浩一的父亲和我的外公曾在同一个公司工作过，但因为工作上互生误解，后来外公在工作中出事故身亡了。而外婆认为是他杀死了丈夫，于是断绝了和北神家的来往。

而母亲和浩一分手的理由，也是因为彼此都得知了那段往事。

“所以，我嫁入北神家后不久，也和小纱断绝了来往。可是，有一件事，让我不得不再次联系她。”

浩一病倒了——急性骨髓性白血病。在家族中和公司内，所有人都被号召参加了血液检查，可是没有一个合适的白血球配型人选。

“骨髓库呢？”

从提到仓田学长的时候我就开始在意了。

“当时还没有骨髓库这回事。”

希美子回答说。那样的话，母亲就是最后的救命稻草了。可是，就算曾经的恋人今日得了绝症，但毕竟他的父亲与自己有杀父之仇，不可能那么简单就同意的。希美子把当初还是婴儿的伸明托付给婆婆，直接前去请求，刚提到浩一的名字，母亲就什么也不听，当场就要离开，她们在车站前开始了推搡。偶然路过的，就是母亲的同事，前田明生——我的父亲。

母亲离开后，希美子向父亲说明了事情的始末，好歹拜托他去说服母亲。如果信息转达之后还是不行，就让她想想两人攀登八岳时的那件事，如果这样还是没用，那么只好就此放弃。

“前田先生他，直接就把小纱带到了八岳呢。”

几天后，希美子接到了母亲的电话。

——我愿意捐献骨髓。

希美子千恩万谢，而母亲只是接着说，

——你不用想得这么严重，就把它当做一天一请求吧。那我也提个请求，我捐献骨髓这件事，请你对浩一和北神家的人都保密。我也对母亲提到过要捐献骨髓，但没有说是要捐给浩一，所以请你不要送任何致谢信来。

“我遵守了约定，可这件事还是被浩一发觉了。所以，第二年开始，每年接受移植手术的十月二十日那天，他都坚持给小纱送花。”

原来是这样吗？

“对了，小纱每年收花的样子是什么样的？”

希美子问我。既然知道了赠花的理由，那么接受如此豪华的花束也可以理解，但她本人到底是怎么想的呢？尽管对母亲的前男友有些不好意思，但我总觉得，这只是浩一一厢情愿的自我满足而已。

“我不太懂。她也不是特别高兴，只是把送来的许多花分给家人，装饰到各处而已。还对我说，送花来是因为中了大奖。”

“中大奖吗？还真是有小纱的风格。”

希美子似乎放下了心上的一块大石头，轻声嘟哝。

可是，有些事实我还是难以接受。听了希美子的话，心里的结还是没有解开。

“浩一先生，和我爸爸的声音是不是很像？”

“是啊，没错。通电话的时候，连我都差点搞错。怎么了？”

“我的外祖父母和北神家，这么说不知是不是合适……他们之间的那些纠葛，真的只是我外婆的误解吗？浩一先生的父亲难道就是那个建筑家北神阳介吗？”

“是啊，你知道得真多。”

希美子有些意外地回答。他的确很有名，可出名也只是过去的事。话说回来，山本鲜花店的大叔，记忆力可真不是盖的。

“我对建筑没什么兴趣，不过听说我们镇上的香西路夫美术馆就是北神阳介设计的。那里作为他这个世界级建筑家的原点，到现在都有艺术家特地赶来举行结婚典礼呢。所以令我不解的是，因为财政困难，全国的三个香西路夫美术馆中，已经有两个闭馆了，连展示品都被竞相拍卖，可我们镇上的这个连要闭馆的传言都没有过。我仔细一查，发现香西路夫送给诗人堀节子的情书都在被拍卖，真是大吃一惊。”

“就是那个很有名的女诗人吧。竟然还有这种东西吗？”

“好像是十年前左右，从堀节子的遗物中发现的。因为某些原因，两人未能结婚，但听说他们互相信任对方为人生中的唯一伴侣，十分相爱。香西路夫在雨降溪谷的草庵中养病的时候，节子好像也曾多次与他密会。我想，要是能让县政府买下来，展示在美术馆里就好了。”

“那是事实吗？”

专务森山先生说。他似乎不太明白自己被请到这里来的理由，一直到刚才都沉默不语。

“大概没错。虽然我是在网上查的，也不清楚到底有多少可信度，不过比起靠解读绘画来说更加让人信服呢。”

我回答森山先生，然后重新面向希美子。

“尽管香西路夫的画中总是透出一丝苦涩的回忆，但我却十分喜爱那个美术馆。北神阳介和外祖母是表亲关系，而与外公又在同一个公司上过班。你们说的公司，就是北神建筑事务所吗？”

希美子不说话，望向那个女人。妈妈，她这么称呼。是亲生母亲吗？如果是婆婆，那她就是浩一的母亲、阳介的妻子了。她和外婆年龄相仿，却还穿着名牌连衣裙，跷着二郎腿，坐得笔直。

“没错。最早就是在这个镇上办起来的。香西路夫美术馆大获成功之后，日本全国各地的订单都纷纷而至，后来我们把据点移到了东京。”

那个女人回答说。“这是我婆婆北神夏美。”希美子添了一句。

“外公和北神阳介先生之间的误会是什么？”

我问夏美。

“一点小事罢了。”

“那可是让外婆认为他杀了自己的丈夫呢，怎么可能是一点小事？”

夏美歪过头，闭上嘴。那我就问另外一个人。

“森山先生你也在同一个公司，一定也和外公是熟人吧。到底发生了什么，您知道吗？”

“我，什么也……”

“那么，为什么森山先生的母亲，会几十年如一日地来到外公的坟上祭拜呢？”

“那是，因为受过他很多照顾……”

“昨天，我拜访森山先生老家的时候，您的母亲出来应门，一见到我，就连忙向我道歉。她的头压得那么低，简直就要触到地面了。我当时没有化妆，头发也只是随意地扎了起来，看上去有点男人相。您母亲，莫非是把我错当成外公了吗？您母亲几十年来所背负的一切，您就把这件事丢在老家不管了吗？”

森山先生低下头，不说话。没有一个人开口。

“希美子阿姨也什么都不知道吗？母亲和浩一分手的理由，就靠那种程度的解释，你就接受了，然后还和他结婚了？还会去求我母亲救他一命？别唬人了。至少应该说明白过去的一切，有错就道歉，之后才有资格求别人，不是吗？”

“道过歉了。”

回答我的，是夏美。

“希美子告诉我浩一曾经交往过的女子就是纱月的时候，说到‘有着几万分之一概率的联系，仿佛命中注定，但没想到竟然真的有血缘关系’。当时得知这件事，震惊得头晕目眩，就没有多问下去。”

夏美说话时那么精神，让人很难猜测她的年龄。

浩一病倒，正因为找不到捐献者而陷入绝望的境地时，希美子想到了学生时代的好友，前去请求她，当时把伸明托付给夏美时，夏美就有所预感了。希美子接伸明回家时的表情，更让夏美确信，请求的对象就是高野纱月，而且结果很糟糕。所以，为了救儿子的命，她与丈夫阳介一起去请求高野美雪的帮助。

“我忽然前去，估计她也不会听我的解释，于是我们假造名义写了一封信，为了邮戳不被怀疑，还通过T市的友人寄去。这么一来，成功见了面。”

信上写了，儿子浩一因患有急性骨髓性白血病，治疗方法只有骨髓移植，而合适的捐献者却找不到。浩一与纱月的白血球型是相同的，得知这一事实，是因为他们二人是学生时代同属一个山岳同好会的成员。恳请务必见一面详细谈谈。

回信通过电报很快就收到了，他们在指定的那天拜访了高野家，美雪却不在。

——女儿上山去了。

正是母亲与父亲去八岳那时。

阳介与夏美夫妇以为美雪是为了不让他们直接请求纱月，而专门挑了纱月登山的那天，他们十分沮丧，于是为过去的一切道歉，并请求她救救儿子。感慨于美雪家中生活贫困，他们还提出要对她进行经济援助。

可是，外婆的回答却十分冷酷。

——又是谢罪又是提出交换条件的，太奇怪了。你们仅仅是为了救自己的儿子一命，才做出谢罪的样子，其实你们根本没有一点觉得对不起和弥吧？这么多年了都没有过消息，如今又想怎样？金钱援助？别当我是傻的。我就算一个人，也把纱月养成了一个不管到哪儿都不会丢脸的女儿了。

阳介与夏美夫妇无言以对。的确事实就是这样。阳介几乎要放弃，而夏美却拼命坚持。

——浩一和纱月曾经考虑过结婚，美雪你知道吗？在婆婆的葬礼上，他们了解了各自的过去，浩一才狠下心来甩了纱月。不过，他一直耿耿于怀。纱月的工作不是还没定下来，就直接回了老家嘛。拜托了阳介的朋友，把纱月的画介绍给出版社的人，就是浩一这孩子呀。

在这个时候还把这件事抖了出来，不知外婆是什么感觉呢？

“这办法真卑鄙。”

“为什么？”

我情不自禁地说出口之后，还没来得及后悔，夏美就已经无力地反问。对这个人，大概对这一家子，讲什么道理都是对牛弹琴吧。

“美雪也说了相同的话：‘女儿这天不在真是太好了。’我当时已经绝望了。我也不知道该怎样才能说动她了。接着，阳介就……”

夏美忽然不往下说了，望着秘书——伸明。原来不光不想让我知道，连外孙都不想让他知道。

“说明白啦。”

伸明说。他一定和我一样，特别想了解父母和外祖父母身上所发生的一切。毕竟他对起因一无所知，还要代表父亲，给从未谋面的陌生人提供经济援助，这么多年都不停地送花。

“我把自己与香西路夫美术馆有关的经历一笔勾销。求求你，救救我儿子。他说着，对美雪低下了头。”

“美术馆是怎么一回事？”

“香西路夫美术馆是和弥设计的，后来又经过阳介的修改才建成的。”

夏美谨慎地说明。在北神建筑事务所担任营销职务的外祖父——高野和弥，参加了县内举办的香西路夫美术馆设计竞赛，并且瞒着阳介投稿。阳介知道之后申请将和弥的图纸退回，修正了几个构造上的问题之后，又以事务所的名义参赛了。

为什么这么严重的事情一开始不说？

“那个美术馆不就是被称作北神阳介的原点，自己穷极一生都无法超越的代表作吗？我外公的名字到底在哪里？外公真的是意外去世的吗？还是像外婆说的那样，他是被杀死的？”

“真的是意外啦。对吧，森山先生？”

夏美望着森山先生。我也望着他。所有人的目光都停留在他身上。

“夫人就没有问问阳介先生事情的真相吗？”

“真相，什么？”

“意外发生那天的事，阳介先生对警察的证言是说谎。”

夏美倒吸一口气。

“那天，阳介先生、高野先生和我三个人，一起去了雨降溪谷。接着，提出要观察一下建筑物整体形象而攀登御笠山的，其实是阳介先生。”

森山先生开始说起那天发生的一切。

天色忽然变得很奇怪，和弥阻止了阳介，可他依然扬言一个人也要去，于是只得三个人一起攀登御笠山。在去时的车中，和弥曾对森山先生说：“我太太的身体有些状况，想和森山君你的妈妈谈一谈。”可阳介竟然以此挑衅：“被老婆迷得六神无主，连怎么爬山都忘了吗？”外公可能就是因此不得不一起跟着爬山。并且，和弥和森山先生都穿了运动靴，可阳介只穿了皮鞋。

果不其然，下起了雨。三人全都浑身湿透，来到了山道半路中向河流延伸的岩地。阳介说要在那儿拍照。可和弥提醒他穿着皮鞋到岩地实在太危险了，还是自己来拍。和弥手持照相机走到岩地，却不慎滑落，最终溺死。

“他对警察是怎么证言的？”

我握紧颤抖的手问。

“他说是高野先生提出要爬山的。”

“为什么要撒这种谎？森山先生你也没有说真话吗？”

“我也没有说。”

“为什么？”

“我也做了对不起高野先生的事，把高野先生正在参加竞赛一事告诉阳介先生的，就是我。我和阳介先生两人下山之后，阳介说，就假装是和弥要求登山的，否则就以竞赛一事为由，诬陷是我杀了他，让我背上莫须有的罪名：‘你跟我在一条船上。’所以，我说了谎。”

“好过分。”

“告诉阳介的是你吗？美雪当众责骂过我。和弥那些事情，我从来没有和阳介提过一个字。大概她至今都觉得是我的错。可是你为什么要做出那种事？比起阳介，你不是跟和弥更合得来吗？”

我咬牙切齿的时候，夏美又无力地辩解。

“是因为对画的解释。”

“诶？”

森山先生的回答，让我也备感脱力。

“前几天，在酒店时，我问到梨花你对香西路夫的画有什么看法时，你的解释大概是家里的谁告诉你的吧？”

“不，不是的。我家从来不会提到什么香西画家，因为在远足时我觉得丢尽了脸，根本没和家里人说过。”

“不会吧……”

“可我就是那么觉得，这不也没办法吗？我之前早就说过，对抽象画的理解，人人都会有不同呀。”

为什么到现在还要提到香西路夫呢？

“我的祖母对香西路夫的看法和你是一样的。听了祖母的解释，我也觉得是这样没错。于是我又把这件事告诉了高野先生。结果他说他也渐渐觉得这是对的，依照这种方法完成了美术馆的设计图。我还期待自己的名字出现在参赛者一栏中，于是去县公所工作的朋友那儿偷偷问了一下。可是，姓名一栏只写了高野先生而已。我实在是不甘心。”

“你之前绕着弯说的那些，全都是和我外公有关的吧？真无聊。”

“对我来说一点都不无聊。我心里满是对祖母的歉意。我曾经还觉得祖母一定和香西路夫有着特别的关系。听闻香西路夫有情人这一传闻时，我还一直以为那就是祖母呢。所以他才把特别的解读方法教给了心爱的人……”

“你只不过是嫉妒我外公的才能吧？而且还误解了。是不是觉得我外公死了才好呢？”

“没有这样的事。我曾有过一次，实在忍不下去，就想把一切全都向太太坦白。可是，没想到发展成那么严重的一件事，最后没能说出口。母亲察觉我不太对劲，可我向母亲坦白的时候，已经是意外发生的三年后，就是阳介先生即将出发去东京的那一晚。母亲说，让她全部承担这件事，就把我送出了家乡。”

“太差劲了。你们一个个全都把自己的所作所为丢在这个小镇上，然后逃走出去了吧？平时摆出一副素不相识的脸，过得逍遥快活，一到倒霉的时候才来哭着求人。你们这种人，外婆又怎么可能原谅呢！”

“她的确没有原谅。”

夏美说。

——凭借着香西路夫美术馆，你们才建起现在的地位。现在反而要把这段经历删除，这只是阳介你本就想这样吧。就算你在世界性的比赛上得奖，也无法超越最初的作品，我见过几本杂志上都写着。我从来都避开和你们有关的文章不看，可还是进了我的眼睛，这说明你们一定也被外界批评得受不了吧。你难道不是只想从和弥天才的阴影当中逃跑吗？既然偷了东西，就负起责任，一辈子都别松手啊。

对外婆的话，阳介、夏美夫妇只能垂头丧气地听着，以为一切都完了。可是——

——我一辈子都不会对你们说出“原谅”二字。可是，要决定是否捐献的是我的女儿。只要她下了决心，我绝不会过问。所以，不论那孩子有怎样的答复，你们都不要再来我这儿了。过去发生的一切，还有你们今天来这里的事，我都不会告诉女儿。

外婆这么回答。外婆其实一定相信自己的女儿会捐献骨髓吧？而母亲的确作了那样的决定。

外婆和母亲，为了避免互相伤害，都把各自经历的一切一直埋在心中，不论是几年，还是几十年。

“纱月去世之后，拜托浩一提供经济援助，还有送花的，都是我。因为美雪一定不会接受我们的任何恩惠的。”

夏美说。

“外婆和母亲，其实根本就不希望收到这种东西吧。不过，我却乐得接受。沿着这条花的锁链，我终于了解到了父母和外祖父母身上发生的故事。”

“你这么想可太好了。尽管当中有些曲折，但美雪的手术费用能让我们来负担吗？可以的话，还有你找工作的事。”

这个人真的从头到尾什么都没搞懂，一辈子就这样了吧。不过，最初提出要借钱的也是我，这算是我做过的头等错事。

“的确是我最先请求你们的，不过不好意思，手术费和我找工作这两件事，我都拒绝你们的帮助。也请不要再送花来了。就这么结束吧。”

“你真的什么都不接受了吗？”

夏美气得撅起了嘴。

“梨花，求求你了。就当代替小纱，一天一请求吧。”

希美子说。不知为什么，她的眼中滚动着大颗的泪珠。

尽管我没有资格代替母亲，但实际上，对于了解真相的我来说，确实有一个请求想实现。

“那么，哪怕一次也好，请满足外婆的愿望。”

* * *

外婆坐在轮椅上，我缓缓地推上斜坡。公共设施旁常常可以看到一些事后整修显得很不自然的斜坡，但这儿从一开始就有。外公已经考虑到来这儿参观的各种人的需求。

在入口买了两张入场券，进入之后一直向前。宽敞的楼层中央，最引人注目的就是展示在那儿的画。

“未明之月”——这幅在竞拍中登场的画作，被北神建筑事务所买下，作为公司成立五十五周年的纪念，被赠予香西路夫美术馆。上书：表彰高野和弥氏的功绩。

最初得知要添加这行字的时候，我给秘书伸明打了个电话去抗议，让他别犯小聪明多此一举。而他回答我说：“就像你爱外祖母一样，我也喜欢我的祖父，我只是想让他得以解脱而已。”接着他告诉我北神阳介现在的情况，就离开了。

虽然没有公开给大众，但北神阳介似乎已经在十年之前就患上了认知障碍，进了医院。尽管现在已经把家族的事务忘得一干二净，但听说偶尔还会突然想起什么似的，用铅笔在纸上描绘一些类似香西路夫美术馆的图案，然后又撕毁丢弃。

外婆出神地盯着那幅画，轻拭眼角。

“这可真是太好了。”

我掏出手帕说。

“谢谢。”

外婆用手帕擦着横流的眼泪说。她的视线依然离不开那幅画。她到底在想些什么呢？

手术前一天，我把在清里别墅发生的一切都告诉了外婆。但说不定，有一些东西，我只想把它们藏在心底永不说出口。可是什么该说什么该藏，一件件细细掂量太过困难，于是我放弃了。

外婆静静地听我说，不时地流下泪水。听着这一件件往事，不知外婆想了些什么。全部说完之后，外婆唯一提到的，就是我的母亲。

——我知道小纱和明生一起去爬过山这件事。因为我读过那封信，我知道不是希美子寄来的。明生他在我工作过的小餐馆吃晚饭的时候，还翻过八岳的地图嘛。

在佛龛前，我把这件事也一起报告了。

顺带也通知了健太，已经没有必要去申请加入什么投标了。

新工作也算勉强解决了，下个月开始，执迷不悟的我又要在市内的补习班当英语讲师了，到底会怎样还要看情况……

“那个，不好意思。”

身后传来一个声音，是美术馆的一位女职员，抱着粉红色的玫瑰花束。

“有什么事吗？”

“是这样的，二楼刚举行了一场婚礼，很快典礼就要结束了，新郎新娘会从那边的楼梯下来，到时候能请你们把这朵花献给他们吗？”

听了她的话，我环顾楼梯四周，人们各自手持一朵玫瑰，排列成一条花路。因为在这座美术馆邂逅，这对住在北海道的建筑家夫妇不顾路远来到这乡村小镇。因为婚礼只有这两人，所以美术馆希望今天的来客都能为他们献上祝福。

外婆和我一起，各取了一枝花，加入到楼梯下的花路中。

馆内响起音乐，正在此时，新郎新娘出现在楼梯口，纯白的婚纱光彩夺目，笑容满面的两人，稍施一礼，挽起手臂，开始一步步走下楼梯。

“真漂亮呀。”

外婆眯着眼睛说。

“今天真是个好日子。不过，如果新娘是梨花，就更好啦。”

外婆的话有点淡淡的挖苦，但不知怎么地，我好高兴，眼泪止不住地流了下来。

✿ 解开人性的枷锁

——走进湊佳苗的小说世界

天蝎小猪

遭受背叛的愤怒和悲伤早已随风逝去，现在，我只是以一份心平气和的心情，追思那些令人怀念的人。

——乙一《伤 —KIZ/KIDS—》

引论：此“境遇”非彼“境遇”

2011年10月，三十八岁的女作家湊佳苗推出了自己的最新作品《境遇》，这是她自2008年8月凭借话题大作《告白》出道以来的第八本书，出版方是最早与之合作的双叶社。该作以两个女子的视角出发，通过一次看似偶然的犯罪事件的影响，来揭橥人生的意义。

凑佳苗的确是位不容小觑的作家。加上一个个大奖的荣光映照、屡屡改编的媒介刺激、迅猛增长的销售数字，我们有理由相信，她将很快赶上天后级作家宫部美幸。

现在，且将时钟的指针拨回，看看凑佳苗是怎样走入读者的视野并抓住人们的眼球的。

生平："家庭主妇型"作家的养成

纵观日本推理文学史，自1957年仁木悦子凭借《猫知道》拿到第三届江户川乱步奖[①]，并于几年后创立只接纳女性推理作家会员的民间组织"雾之会"，从而在推理文坛撑起半边天以来，女性推理文学作家的光辉似乎就不曾熄灭过。

曾几何时，由山村美纱、夏树静子、栗本薰、宫部美幸、桐野夏生、恩田陆、樱庭一树、辻村深月等人领衔的女性作家群星熠熠夺目，已然堪与各时期的男性作家分庭抗礼，此种景况在英、美、法等传统推理大国也是罕见的。而排在推理女星最新一位的就是本书《花之链》的作者凑佳苗，她还是以"家庭主妇"身份荣膺"后冠"的代表人物。有人说，任何虚构作品都有其真实性，尤其是那些与作家生

① 首次开始颁奖给长篇小说就将机会给予女性，这是很不容易的，此前两届获奖作品皆为具有突出贡献意义的非小说。

平有关的内容，不仅仅是单个人的创作之源，还极可能是多个人共同拥有的记忆残影。因此，颇有必要费些口舌来谈谈湊佳苗的成长经历。

湊佳苗于1973年生于广岛县因岛市中庄町[①]一个橘农家庭，由祖父母、父母、她和妹妹组成了六口之家。因岛是地处濑户内海的一座小岛，以盛产柑橘著称。作为地地道道的农家女，作家对故乡饱含热爱，同时对那些既憧憬都市生活却又无法完全融入其中的年轻岛人充满同情，这在其《赎罪》、《为了N》等作品中时有体现。而她现在所居住的淡路岛，由于环境风物近似因岛，多次受其赞誉。

湊佳苗在推理小说方面所受的启蒙教育主要来自母亲，在某个农忙的夏日，当时还很年幼的她怀着试试看的心理，偶然翻开母亲的业余读物——法国作家勒勃朗的《侠盗亚森·罗苹探案故事集》，从此爱上了冒险解谜小说，一发不可收拾。从那以后，湊佳苗从因北小学、因北中学的图书室将整套罗苹小说搬回家（以海岛历险垦荒为主要内容的英雄小说《鲁滨逊漂流记》也是她这一时期的最爱），与此同时，临近书架上的江户川乱步、赤川次郎等本国作家名著也成了她的新宠，其中给她印象最深的就是以

① 2006年因岛市与毗邻的濑户田町合并编入现在的尾道市，该旧称已废止。

孩童、学生为主角的少年侦探团系列以及《水手服与机关枪》。大概是难忘这段童年经历，湊佳苗将自己最早的三部作品[①]献给了“曾经年少”的岁月，并以小孩、学生、家长、老师为主要描绘对象。

从县立因岛高等学校毕业后，湊佳苗离开家乡，考入位于兵库县西宫市的武库川女子大学家政系，住在甲子园棒球场附近，过起了独身生活。当时东野圭吾出道作品《放学后》的同名改编剧在富士电视台热映甫久，她觉得光看电视不太过瘾，遂去书店找来原著阅读。于是，东野圭吾和与之齐名的宫部美幸开始成为作家大学时代的主要床头读物，此系其作品富含社会推理派风味之主因。当然，同时期偶然追看的绫辻行人之馆系列和歌野晶午之信浓让二系列，也为她创作带有本格元素和逆转式结局的犯罪小说提供了极佳范本。大学毕业后，湊佳苗到京都的服装企业就职，思乡情切的她把同样是广岛县出身的老乡岛田庄司的御手洗洁系列读了个遍。去年受邀参加由岛田担任评委的“福山推理文学新人奖”颁奖仪式的她，事后曾说“能坐在偶像身边并与之随意谈笑，比写小说什么的要惬意得多”。工作期间，她曾作

① 指2008年8月的《告白》（双叶社）、2009年1月的《少女》（早川书房）和2009年6月的《赎罪》（东京创元社）。

为青年海外合作队[①]队员，远赴被认为是“离天堂最近的岛国”的汤加支教两年，这段经历也反映在了凑佳苗迄今为止唯一的中篇小说集《往复书简》的第三个故事里。1999年回国后，她辞去京都的工作，来到淡路岛高中成为一名非专职家政课讲师。

翌年结婚后，有着深厚的小说阅读情结的凑佳苗忽然萌生了“想挑战一下自我，为平凡生活留下点实实在在的东西”的想法，开始了“白天当主妇，夜晚写小说”的生活，一个“朝务夕著”的半职业作家诞生了。不过五年，她就拿到了生平首奖——第2届BS-i新人剧本奖佳作。2007年，后来成为《告白》一书首章内容的《神职者》荣获第29届小说推理新人奖[②]。2008年，文体独特、结构新颖的犯罪悬疑小说《告白》使凑佳苗由推理新人升格为推理红人。该作不但顺利杀入当年四大推理榜单的前十名（并勇夺“周刊文春杰作推理榜”头名宝座），更在第二年摘得第6届日本全国书店大奖桂冠。凭此表现，她还被授予第3届广岛文化新人奖的殊荣。嗣后，《少女》、《赎罪》、

① 由日本外务省负责管理的一个志愿者组织，每年分春、秋两次召集本国年轻人支援和帮助其他国家建设发展，要求为20到39岁身心健康的人，职业包括农林水产、语言教育、保健卫生等120多个种类，派遣国约80个。

② 由双叶社《小说推理》杂志主办的短篇推理小说奖。

《为了N》、《夜行观览车》等一部部作品连续推出，总销量节节攀升，作家的人气也随之大旺。在接受《中国新闻》[①]采访时，她说："未来五年，我还将继续写书，并以使《告白》不再成为自己的代表作为今后努力的目标。"前段时间刚推出中文译本的《往复书简》和读者手中这本《花之链》，便是在这样的抱负下创作出来的优秀作品。

文风："告白体"的是与非

一个成熟的作家往往都有其"专属"的文风，书迷们不看署名，只凭作品的结构、行文等要素即能嗅出其特殊的味道，从而锁定作者。对于凑佳苗来说，因《告白》一书而闯出老大名头的"告白体"，就是识别其专号的标牌。

此处所谓的"告白体"，是指以第一人称"我"或多个（一般不超过五个）分隔明确的第三人称为叙述者，存在特定和专指的叙述对象（即表面看来不以读者为第一叙述对象），围绕同一事件的起因、经过和结果，展开"多视点

① 由位于广岛市的中国新闻社创办的地方性日报，首刊于1892年5月5日，读者以中国地方（日本地域名，亦称为中国地区，是指日本本州岛西部的山阳道、山阴道地区，包含鸟取县、岛根县、冈山县、广岛县、山口县等五个县）居多，在全国也有一定的影响力。

交叉叙事”，从而推动剧情的推理文风。诚然，湊佳苗绝非“第一个吃螃蟹的人”，日本有不少作家都曾使用“告白体”，如战前的变格派推理大师梦野久作，其作品有如心理活动复杂的人在无序倾诉一般诡异的梦呓感，又如新本格世代的作家们亦钟情于“告白体”所营造出的“主体视野统合全篇”的主控感，尤其是那些“叙述性诡计”、“作中作”的重度痴迷者。只是此前这类作品以短篇推理居多，像这样将“告白体”以长篇架构予以呈现并自出道以来几乎不作他想的，兴许唯有湊佳苗一人。

正是因此，湊佳苗所得到的不好的评价多半与其一贯使用“告白体”有关，往往被贬为“缺乏创意的作家”。而所谓“一招吃遍天下鲜”，虽殆非虚言，却也并非完全如是。其实，作家在“告白体”的运用上还是花了不少心思的。在不同的小说中，基于寻求变化的谋篇布局，湊佳苗各个作品的第一叙述对象是不同的。这也导致“告白体”在《告白》之后的诸作中体现为不同样貌的“变种”。除了《赎罪》更像是《告白》的姊妹篇之外，《少女》因颇具私小说[①]色彩而有了“独白体”的风格，《为了N》因写四位案件关系人

① 又称“自我小说”，指日本大正年间(1912—1925)产生的一种独特的小说形态，多以脱离时代背景和社会生活而对个人身边琐事和心理活动的孤立描写为作品内容。

在警察面前交代事情经过而比较适合“供述体”这样的提法，《往复书简》从头到尾由一封封“书简”连缀成篇，明显是“书信体”的类型，而《夜行观览车》和《花之链》则回归以读者为主要对象的客体叙述状态，基本脱离了“告白体”。

值得一提的是，尽管《花之链》在文风结构上与“告白体”无涉，但仍有其独特魅力。作品围绕神秘人物K的身份之谜，由三个看似毫无干系的女子分别进行叙述，在最终章做出大收束，不但将所有谜团一并厘清，更将隐藏在三个女子之间的脉络关系加以解析，而当我们回过头来逐个检视，会发现真相早已熔铸于一个个富有日本民族文化内涵的意象之中（如花道、称谓、美术、特色糕点、山岳精神等），这也使本书成为凑佳苗笔下文化氛围、抒情气息最为浓郁的作品。

角色：“孩童视阈”与“女性书写”

按照犯罪学理论，伦理与犯罪作为两种社会现象常常密不可分，犯罪往往由违反伦理道德的行为演变而来。当这些有悖伦理道德的行为触犯法律时，就变成了违法犯罪行为。国内外犯罪学家普遍认为，几乎所有的犯罪都与其家庭相关，或直接或间接，如家庭结构的破坏、家庭教育的不当、家庭伦理的失范、家庭功能的弱化、家庭环境的异常、不良家庭成员的影响等，都是造成犯罪的重要因素。

犯罪与家庭的关系对于湊佳苗的意义无疑是相当大的，一是像她这样的“家庭主妇型”作家，具备跻身犯罪小说名家与社会推理派名流的潜力；二是以传统的“男主外、女主内”的家庭分工来看，孩童和女性必将成为她的主要书写对象，而家庭关系的异常与崩坏也将是其建构作品体系的主要基石。

在湊佳苗的小说世界中，主人公不是孩童就是女性，而她对男性角色的描写也远较前两者苍白。和其他女性推理作家不同的是，湊佳苗既不注重对母性的渲染、讴歌，也没有针对女性阴暗面进行挖掘、鞭挞；既没有对“家长—子女”、“老师—学生”等二元关系的对立予以伦理说教，也没有对犯错和叛逆的孩童进行无端指责。换句话说，其作品不是刻意以小说的形式凸显各种伦理关系的紧张程度，而是从正反、对错、虚实等各个层面对社会、家庭加以“客观还原”（不带有过多作者的观点）。因此，湊佳苗多以冷静的笔触抛给读者一个个问题（如城乡观念的差异、子女的精英教育、别墅公寓的不同、作品的署名纠纷、理想与现实的落差等），呈现出“于无声处听惊雷”的效果，不管是“孩童视阈”还是“女性书写”，都仿佛在人物角色的偏执、空虚、落寞、狂躁、纠结等非正常状态中孕育一种理性的秩序。人性的枷锁已然存在，何不把它看做引领我们奋进的光环呢？比如读完《花之链》末句“外婆的话有点淡淡的挖苦，但不知怎么地，我好高兴，眼泪止不住地流下来”，就有种“原来一切都不是无法原谅的，人生变故虽良多，换个看法便会迎向各种美好”的感觉，诚如本文开头引用的乙一的话。

主题：“暗黑系”向“治愈系”的嬗变

当我们以“菊与刀”来形容日本文化精神，以“美与暴烈”来概括日本美学特征的时候，不免想到日本小说亦相映成趣地显露出两种截然不同的色调，即“治愈系”和“暗黑系”。在推理文坛，乙一是拥有白、黑两个分身的最有名的作家，其他尚有新堂冬树、米泽穗信等人。而绝大多数推理作家，要么专擅其一，要么双管齐下，凑佳苗给我的感觉则是她正在由“暗黑”向“治愈”转型，作品的主题从“复仇”逐渐向“救赎”演变。

以女教师为被杀害的女儿向自己的学生“凶手”发出复仇的告白为主线，满载恶意、闻名遐迩的《告白》便是彻头彻尾的暗黑系作品，这一点无可争议。之后的《少女》以跳突刻板的情节安排，描述少女自杀心态的微妙变化，以自杀案起头，同样以自杀案终结，也很难称之为“少女情怀总是诗”的治愈系作品。而《赎罪》如同复制版的《告白》，也没有多少阳光的内容。

直到作者的第四部作品《为了N》才多少有了些明朗的"治愈"色彩，该书讲述了四位命案关系人为了爱护和疗救各自心中的那个N而对杀人事件的真相有所隐瞒。《夜行观览车》虽然讲述了一群罹患"坡道病"（因攀比、要强等想法而导致的一种心态失衡症）的人，在一起偶然的伤害事件发生后各自奏出不和谐的音符，但作品最后部分的描写却让读者原本沉重的违和感尽去，而透出一股"小清新"的心绪。

到了《往复书简》和《花之链》这两部近作中，人与人之间的仇视、冲突早已隐匿在那些美好的回忆和融洽的现实生活中，剧情设置、人物命运、情感抒写……引人心和气正，满满的温馨味道充溢全篇。读者掩卷许久，双手都能感受到拂之不去的馥郁芬芬，心情也为之大好，仿佛人性的枷锁从未存在似的。韩国导演朴赞郁认为："复仇的目的是为了自我救赎。"显然，凑佳苗的作品不是这么表现的。救赎可以用复仇来实现，但并不是唯一的方式。谅解、关怀还活着的人，哪怕对方是你曾经的敌人。暗黑可以，治愈为上。

结语：大和民族的"雪月花"

《花之链》在日本首版于2011年3月9日，两天后发生了九级“东日本大地震”。湊佳苗随即在文艺春秋为本书设立的官网上发言感谢读者的长期厚爱，并表示已将新书签售会上获得的33061日元书款通过日本红十字会捐赠给灾区。

日本著名作家川端康成在1968年诺贝尔文学奖颁奖仪式上提及，“雪月花”是大和民族文化最美价值的体现，这种美在《花之链》中附着在三位以“雪月花”为名、坚强又不失柔婉的女子身上，“沿着这条花的锁链”得到了足以治愈人心的升华。而书中以德报怨、捐献骨髓的善举，在现实中也化作更美好的一幕，由作者亲自完成对灾民的救助，令人感慨、动容。

图书在版编目（CIP）数据

花之链 /（日）湊佳苗著；吴曦译.—长沙：湖南文艺出版社，2012.3
ISBN 978-7-5404-5253-7

Ⅰ. ①花… Ⅱ. ①湊… ②吴… Ⅲ. ①长篇小说 - 日本 - 现代
Ⅳ. ①I313.45

中国版本图书馆CIP数据核字（2011）第245860号

著作权合同登记号：图字18-2011-568

花之链

作　　者：［日］湊佳苗
译　　者：吴　曦
出 版 人：刘清华
责任编辑：丁丽丹　刘诗哲
监　　制：张应娜　吴成玮
特约编辑：马冬冬　周明子
版权支持：王雅兰
营销支持：张　宁
封面设计：蔡南昇
版式设计：崔振江
出版发行：湖南文艺出版社
（长沙市雨花区东二环一段508号　邮编：410014）
网　　址：www.hnwy.net
印　　刷：北京新华印刷有限公司
经　　销：新华书店
开　　本：880mm × 1230mm　1/32
字　　数：169 千字
印　　张：9
版　　次：2012 年 3 月第 1 版
印　　次：2012 年 3 月第 1 次印刷
书　　号：ISBN 978-7-5404-5253-7
定　　价：32.00 元
（若有质量问题，请致电质量监督电话：010-84409925）

博集天卷最佳译文

《天堂可以等》
（英）凯莉·泰勒
江苏文艺出版社
ISBN：9787539937755
定价：26.80元
欧美言情天后凯莉·泰勒谱写纯爱新经典，超越生死的爱情传奇！

《44号孩子》
（英）汤姆·罗伯·史密斯
江苏文艺出版社
ISBN：9787539937946
定价：29.80元
一个令人毛骨悚然的时代，关于爱情与家庭、希望与信仰的生死救赎。

《光轮之恋·初探》
（澳）亚历山大·阿朵尼托
湖南文艺出版社
ISBN：9787540448738
定价：29.80元
全美年轻人心动不已、口口相诵的浪漫传奇。

《没有悲伤的城市》
（加）阿诺什·艾拉尼
陕西师范大学出版社
ISBN：9787561347676
定价：25.00元
关于爱、友情以及永不磨灭的信仰！

《世上另一个我》
（美）萨拉·帕坎南
湖南文艺出版社
ISBN：9787540448424
定价：28.00元
我在别人设定的角色里拼命挣扎，以为那是我要的人生。
蝉联《今日美国》《洛杉矶时报》独立书商协会畅销排行榜。

《被置换的孩子》
（美）布雷纳·尤凡诺娃
湖南文艺出版社
ISBN：9787540448769
定价：26.80元
美国图书馆协会2011年最佳小说，《书单》杂志2010年特别推荐小说，神秘凛冽的哀愁过往，惊惶不安的坎坷成长，他是选择回归自我，还是停留人间羁绊？

《当爱远行》
（美）约书亚·弗里斯
湖南文艺出版社
ISBN：9787540449247
定价：29.80元
生命里无法言说的伤，婚姻中挥之不去的痛；踯躅独行的孤寂身影，诠释着人世间最炽烈深沉的爱。

《许愿树》
（美）约翰·肖尔斯
湖南文艺出版社
ISBN：9787540448301
定价：29.80元
一场相依相伴的纪念与发现之旅，一段重获幸福的感恩和奉献之途。
怎样做，才能重新点亮我们已经黯淡枯索的心房？

《死亡诗社》
（美）N. H. 科琳宝姆
湖南文艺出版社
ISBN：9787540448721
定价：22.00元
怀揣激情与梦想，走出平静的绝望！
人应该诗意地栖居于大地上。

《就说你和他们一样》
（美）乌文·阿克潘
江苏文艺出版社
ISBN：9787539937915
定价：26.00元
如果觉得生活太痛苦，是因为我们距离死亡还太远！
奥普拉2009年年度选书。

《别问我是谁》
（美）杰里·史宾尼利
湖南文艺出版社
ISBN：9787540448073
定价：25.00元
电影《美丽人生》的文学诠释，钮伯瑞大奖得主杰里·史宾尼利重要代表作。

《失落的玫瑰》
（土）沙尔达·奥兹坎
湖南文艺出版社
ISBN：9787540446246
定价：26.80元
你过着自己想要的人生，还是别人期望中的？
土耳其文学史上唯一超越诺贝尔文学奖得主奥罕·帕慕克的作品。

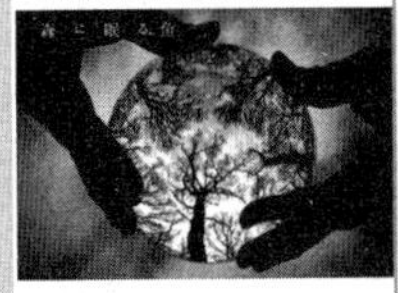

《沉睡在森林里的鱼》
（日）角田光代
湖南文艺出版社
ISBN：9787540446680
定价：26.00元
母爱也可以引起杀机！
直木奖得主角田光代极具冲击性的最新母子小说！

《带我回去》
（爱尔兰）塔娜·法兰奇
湖南文艺出版社
ISBN：9787540447755
定价：29.00元
二十二载怨愤轰然间灰飞烟灭，为什么，最想逃离的，总是最思念？悲情悬疑天后塔娜·法兰奇巅峰之作，令无数读者动容的希望与回归之书。

《神秘化身》
（爱尔兰）塔娜·法兰奇
湖南文艺出版社
ISBN：9787540449124
定价：35.00元
呼啸奔逃的率性年月，遁走无形的多变人生。
最甜美亦是最肃杀，呐喊出倚梦而生的孤绝青春。

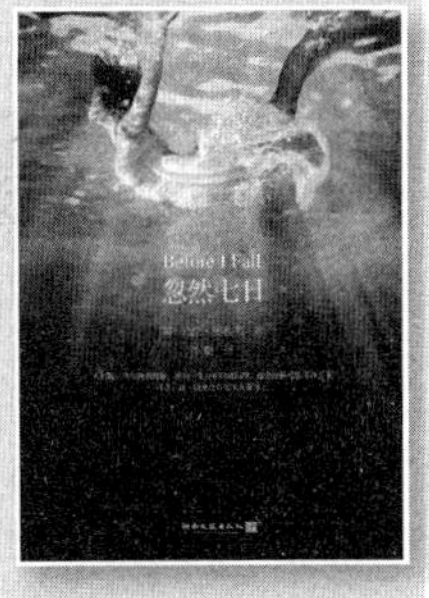

《忽然七日》
（美）劳伦·奥利弗
湖南文艺出版社
ISBN：9787540446857
定价：29.80元
我们平凡却可贵的人生，错了不会再重来。
一本让全美年轻人集体沉静的书，亚马逊书店2010最佳青年读物。

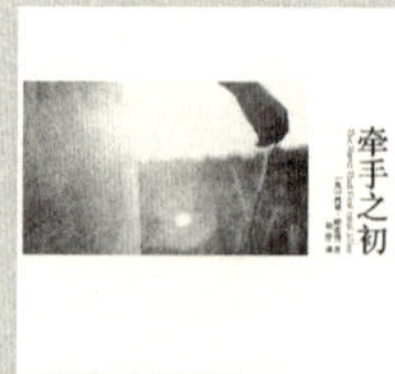

《牵手之初》
（英）玛姬·欧法洛
湖南文艺出版社
ISBN：9787540449803
定价：29.00元
一次牵手，彻底改变我们的人生！
2010年英国柯斯塔小说奖
英美亚马逊网络书店双料优选

《妹妹》
（英）罗莎蒙德·勒普顿
湖南文艺出版社
ISBN：9787540450120
定价：29.80元
2010年英国亚马逊书店最佳小说
令英伦三岛魂牵肠断的至爱亲情

《我的守护天使》
（英）卡罗琳·杰斯–库克
湖南文艺出版社
ISBN：9787540449810
定价：29.80元
一个柔婉深沉的人生故事
给所有珍爱生命和不放弃希望的人

《总有你陪伴》
（新西兰）海伦·布朗
湖南文艺出版社
ISBN：9787540450007
28.00元
一次改写命运的别离，一场重拾希望的相遇
感动整个大洋洲的生命传奇

《爱是一种病》
（美）劳伦·奥利弗
湖南文艺出版社
ISBN：9787540450205
29.80元
撼人心魄的奇想与激情之书 青春版《1984》
愈禁愈烈的炽爱真情，要怎样奔向那浩瀚的自由天地？

《喀布尔女孩》
(美)盖尔·雷蒙
湖南文艺出版社
ISBN：9787540450175
28.00元
哪怕被全世界遗忘，也不要放弃希望！
一个震撼心灵的真实故事
一段在塔利班统治下挣扎生存的传奇

《我亲爱的小王子们》
（美）康纳·葛瑞南
湖南文艺出版社
ISBN：9787540449216
29.80元
我不只是志愿者，我是你的朋友，亲人
你也不是孤儿，你是我最尊贵的小王子！
一个年轻人在尼泊尔创造的不可思议的感动

《且听岛语》
（美）艾伦·布洛克
湖南文艺出版社
ISBN：9787540450151
29.80元
每一段时光，只要放在心上，就是地久天长。
一粒沙就是一日思念，它成就了爱。